GOBOOKS
& SITAK
GROUP©

GOBOOKS
& SITAK
GROUP©

三日月書版

三日月書版

「女賓止步」
CHARACTER FILE
SHALOM ACADEMY
Isaac
以薩・涅瓦
闇血族
女孩子像花一樣，很漂亮，但是很脆弱……
福星的話，是塑膠花。
(闇血族血型)
Blood Type
CL
Height
196
外表年齡：18
實際年齡：122
生日：2/5
興趣：園藝、植物
專長：數學、植物學
喜歡的東西：花朵、溫室
討厭的東西：人群
沉靜內斂，總是獨來獨往，在新的學期中和福星一同被選為寶瓶座的見習生。不喜歡和他人互動，特別是女生。似乎有不為人知的祕密。

小花 貓妖

知道人們的祕密後，要他們聽令並不難。

Blood Type B

Height 163

外表年齡：16
實際年齡：203
生日：11/16
興趣：美男鑑賞、觀察他人
專長：情報搜集
喜歡的東西：不為人知的祕密、美男
討厭的東西：自以為是的正義魔人

B班班長，平時安靜不多言，知道所有學生的祕密，以他人隱私作為武器及防禦。認識福星之後，便常跑來C班，找福星一行人活動。珠月的好朋友。

「超肉食女王」
CHARACTER FILE
SHALOM ACADEMY
Grod
歌羅德
巫妖
你是在忤逆我嗎？嗯？
Blood Type
A
Height
178
外表年齡：28
實際年齡：80
生日：12/24
興趣：美妝、逛街、作弄寒川
專長：巫毒、巫咒、作弄寒川
喜歡的東西：聖羅蘭口紅
討厭的東西：僵硬的教條規範
一年C班的導師。總是打扮得像是要走秀的名模一般誇張艷麗，說話直接嗆辣。乍看凶狠，但其實很護著學生。

「無限放空」
HARACTER FILE
SHALOM
ACADEMY
Zi Ye
子夜
玄鳥
……喔。
Blood Type
AB
Height
182
外表年齡：17
實際年齡：86
生日：5/2
興趣：發呆，看天空
專長：召喚系咒語
喜歡的東西：亮晶晶的小東西
討厭的東西：靜電
因為血統和外表而從小被族人排擠。言行舉止異於常人，常陷入自己的思維當中而放空，讓人不知道他在想什麼。

蝠星東來
Presented by LAN QI ZUO REN
novel.藍旗左衽 illust.ダエ
SHALOM ACADEMY
Shalom Academy
of Special Animate Beings
Since 1692.
3
輕世代
FW217
三日月書版

Shalom Academy
Character File

「新手妖怪研習中」

賀福星 Fu Xin

外表年齡：16
實際年齡：18
生日：7/17
興趣：電玩、動漫、網拍
專長：自得其樂
喜歡的東西：和朋友在一起
討厭的東西：重補修

混血蝙蝠精

呃，我當了18年人類，
要我馬上習慣妖怪身分，太強人所難了啦！

Shalom Academy
Character File

「警告：危險勿近」

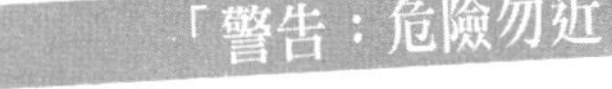

理昂．夏格維斯 Leon

闇血族

外表年齡：18
實際年齡：198
生日：11/3
興趣：閱讀
專長：冷兵器
喜歡的東西：安靜閱讀
討厭的東西：被迫做不想做的事

你並沒有照顧我的義務，你到底有什麼企圖？

Shalom Academy
Character File

「嚴禁餵食」

洛柯羅 Rocort

外表年齡：18
實際年齡：？
生日：？
興趣：吃、和福星玩
專長：連續不斷地吃
喜歡的東西：吃點心
討厭的東西：蔬菜

妖精

吶，你身上有甜甜的味道，是食物嗎？

Shalom Academy
Character File

翡翠 Emerald

外表年齡：18
實際年齡：98
生日：6/6
興趣：賺錢
專長：數學、歷史
喜歡的東西：營業盈餘
討厭的東西：營業虧損

風精靈

免費？我豈是膚淺到把友情看得比錢還重要的人！

Shalom Academy
Character File

「資深偽正太」

寒川 Samukawa

黑天狗

外表年齡：12(偽裝前) / 40(偽裝後)
實際年齡：854
生日：1/1
興趣：表：深造鑽研異能力操控
　　　裡：收集可愛的東西
專長：咒術操控
喜歡的東西：泡澡、可愛的物品
討厭的東西：錯誤百出的作業、山寨品

當掉，全部重修。

Shalom Academy
Character File

「生猛獸族。隱性傲嬌」

布拉德 Brad

狼人

外表年齡：19
實際年齡：98
生日：4/1
興趣：鍛鍊自我、極限運動
專長：武術、家政
喜歡的東西：在陽光下揮灑汗水
討厭的東西：闇血族

多說無益，是男子漢就用拳頭來溝通！

Shalom Academy

Character File

「聖母降臨」

珠月 Zhu Yue

蛟人

外表年齡：17

實際年齡：97

生日：3/5

興趣： 欣賞少年間的不純友誼互動

專長： 水中競技、文學、3C用品操作維修。

喜歡的東西： 花卉、男人的友情

討厭的東西： 海底油井、逆CP

……你還好嗎？不要過度勉強自己，
我會幫你的。

Shalom Academy

Character File

「強效去汙」

丹絹 Dan Juan

蜘蛛精

外表年齡：17

實際年齡：99

生日：9/7

興趣：鑽研知識

專長：各科全能，清潔保健。

喜歡的東西： 排列整齊的書櫃

討厭的東西：髒亂不潔。

這種等級的作業對你來說有這麼難？
你的腦袋是裝飾用嗎？

Shalom Academy

═ 蝠星東來 ═

contents

暑假結束，
就開始倒數過年吧

SHALOM ACADEMY

「為什麼你要用這個公式呢？」戴著眼鏡，充滿書卷斯文氣息的丹絹，撐著頭，不耐煩地用手戳了戳筆記本。

「不、不可以嗎？」福星苦惱地看了看自己寫下的算式，又看了看課本，找不出問題在哪裡。

「如果你的目的是要找出錯誤答案，當然可以。」丹絹撫了撫額角，「你的數學程度會讓泰勒斯流淚。」

「這干國民小公主什麼事？」福星相當困惑。

「我覺得《愛的告白》不錯聽。」翡翠舉手發言。

「我說的是數學之父泰勒斯（Tales of Miletus），不是那個鄉村歌手。」

「原來如此。」真是有學問啊。

「喔。那數學之母是誰？」紅葉插嘴。

「應該就是他老婆吧。」翡翠聳了聳肩。「泰太太之類的。」

「別說那些蠢話，這裡只要有一個笨蛋負責耍蠢就夠了。」丹絹冷冷地開口。

「你在說我喔?!」福星不悅地開口。

「噢，恭喜，這是你到目前為止答對的第一個問題。」

「丹絹……」

「不高興的話我可以離開。」丹絹沒好氣地雙手環胸，「畢竟被當掉數學的不是我。」

「還有英文、化學、巫咒概論、西洋中古史。」布拉德坐在一旁，打了個呵欠，「噢，還有，最經典的，中國文學概論。這個連我都通過了耶。」

「別再說了……」福星無力地低下頭。

窗外盛暑的日光灑入自習室，偌大的空間裡，平時總能坐滿八成左右的座位，此時，只有六人占據著這寬敞的空間。

因為，現在是七月。進入暑假後的第二週。夏洛姆的學生幾乎都打道回府，而暑宿的學生通常不會來自習室。

除了，學科不及格的人。

「別那麼凶，福星已經盡力了。」珠月趕緊打圓場，對福星投以微笑，「加油，再撐一小時就好。」

「然後是進階英語會話和巫咒概論。」翡翠看著行程表，「吃完晚餐後你可以休息二十分鐘，再繼續中國文學概論。」

福星發出一陣低吟。

上學期雖然完美解決了學園裡的怨靈騷動，但或許是因為花了太多心力在調查上，所以導致學業無法兼顧，因此……

期末成績單上，有六科是紅字。這是夏洛姆創校以來的驚人紀錄。

教授們評分相當公正，一點也不循私，但幸好願意通融，以繳交指定作業的方式來彌補。

這就是眾人聚集在此的原因，幫助福星完成那一大疊作業。

「要不要試試看能提升智能的薰香精油？」翡翠不放過任何推銷商品的機會，「據說是從具有高度智慧的雪山靈猿大腦中萃取，使用後就能活化腦部，增進智商。」

「用完之後他就能自己去買醬油、不用把拔馬麻陪了呢。真棒呀。」小花重重地拍了拍伏在桌上的福星，「別裝死，快起來寫你的習題。」

「嗯嗯，我知道……」雖然感到疲累，為了不辜負眾人特地留下來幫他補習課業，再累也要忍耐。

福星抬起頭，繼續盯著習題簿上密密麻麻的數字，感覺到一陣暈眩。

「這裡不能直接代入這道公式。」丹絹用筆指了指習題上的多邊形，「你要先求出這個邊的長度。」

「好的。沒問題。」福星迅速拿起尺，往圖上一對，「一．八公分。」

丹絹抬頭瞪向福星，正要破口大罵，但看見珠月擔憂的表情，硬是忍下。先是深深地吸了口氣，臉頰微微抽搐，努力揚起嘴角，「真是既幽默又有創意的解題方式，賀同學。」

「嘿嘿……」福星不好意思地抓了抓頭。

「你真以為我在稱讚你？」

紅葉悠悠哉哉地笑著開口，「幹嘛這麼嚴肅，不就幾個數字和符號而已嘛。人生還有很多更有趣的事，為什麼要花心力在這些東西上呢。」

丹絹高傲地搖了搖頭，一副「汝輩焉知」的表情，「妳的言語忠實地呈現了妳的膚淺。」

「老是這麼死板會交不到女友喔。」

「我不需要那種東西。」

紅葉淺笑，突然伸手抓住丹絹握著鉛筆的右手，舉到自己面前，「嗨，妳好，辛苦妳啦。」

「妳幹嘛？」

「和丹絹的萬年女友打招呼。」

福星還沒會意過來，布拉德先爆笑出聲，翡翠則是笑著搖頭。

「真是低俗又低級。」丹絹用力地抽開手，推了推眼鏡，「像妳這樣的女生，才會嫁不出去吧。」

「噢，是嗎。」紅葉樂呵呵地笑了幾聲，低語，「說不定是嫁出去之後才變這樣的吶……」

福星抬頭望向紅葉，只見對方伸了伸懶腰，嬌態萬千地慵懶開口，「好無聊喔。妙春，咱們去找點樂子。」

「好！」

「去去去！」丹絹像趕蒼蠅一樣用力甩手，「不要再回來了。」

紅葉邊走邊笑，「哎呀，好閃。別拿女友趕人嘛，憐香惜玉點。」

「低級！」丹絹重重地哼了聲，轉過頭，瞪著正在偷笑的福星，「看什麼看，快寫啊！」

「是是是……」福星趕緊振筆疾書。

「我幫你把中國文學概論的重點畫好了，習題的答案都在裡頭。折起來的那幾頁抄一抄就是。」小花放下手中厚重的書本。

「謝謝！」

「小花妳真厲害。」珠月由衷地開口。「真希望我也能幫得上忙。」

「這還不簡單，叫福星下次把地球科學考爛被當，妳就有機會幫他了。」

「呸呸呸，少咒我！」福星不滿地抗議，「珠月妳特地留下來陪我，幫我打氣，這就幫了我很大的忙啦！不然誰受得了丹絹的斯巴達教育！」

丹絹挑眉，「現在是怪我囉？」

「不敢。」

「咳嗯。」布拉德有意無意地輕咳了聲，引起福星注意。

福星會意，趕緊繼續追加，「噢，當然，布拉德願意犧牲暑假回鄉和家人團聚的時光，留下來陪伴我讀書學習，也是讓我銘感五內、沒齒難忘的！」

被如此稱讚，布拉德倒顯得相當超脫淡然，「沒什麼。」

「布拉德真是心地善良。」珠月望著布拉德揚起笑容，「真高興能當你的朋友。」

「呃嗯……」朋友嗎……布拉德的表情略微尷尬，但仍紳士地保持著笑容。

小花忍不住發出一聲輕笑。

撐著頭，望向窗外，午後的日光，照在臉上，貓瞳轉成一條細線。

青春啊……

這樣的平靜，能持續多久呢？

這股莫名其妙的煩躁。

什麼時候，才會消失。

連續一週在伙伴們的鼎力協助下，那高如小丘的作業終於解決。在返家的前一天晚上，福星前往醫療中心，探訪上個學期加入夏洛姆、成為醫療團隊一員的老姐。

暑期的醫療中心空蕩蕩的，一點聲音也沒有，冷色調的裝潢和一般醫院差不多，唯一不同的是，夏洛姆的醫院沒有消毒藥水味，而是飄散著清新的草藥香。

福星躺在賀芙清辦公室裡的診療椅上，舒服地吹著冷氣，一手拿著冰鎮過的感冒糖漿加綠茶（這招是洛柯羅教他的，味道意外地還不錯）。穿著護士服的小妖精小柿飛在半空中，幫他把冰塊加到杯子裡，閒適得彷彿在南佛羅里達海灘度假的富豪。

「很會享受嘛。」

「還好啦。」福星搖了搖玻璃杯，冰塊撞擊發出清脆的聲響，接著輕啜了一口，彷彿老饕一般開口，「噢，幸福的味道。」

「這間辦公室裡的冰箱沒有冷凍櫃。」芙清冷冷地開口。

「喔，所以呢。」

「你的冰塊是從隔壁的檢體放置室裡拿來的。」

福星一口飲料噴出，將小柿淋得一身濕：「什麼！」

「不用緊張，那裡已經很久沒『進貨』了。」芙清淺笑，走向流理檯，拿了塊抹布扔向福星，「自己把弄髒的地方擦乾淨。」

福星吐了吐舌，接下抹布，悻悻然地蹲下。大概是心理作用，他覺得自己的嘴裡好像有股腐臭的味道。

福星一邊擦拭一邊開口，「琳琳聽說妳不回去，很難過呢。」老媽昨天透過視訊，和他抱怨了好久。「為什麼不回去呀？」

「我剛到任，還有很多不了解的地方。身為夏洛姆有始以來最年輕的教師，又是混血種，還是表現好一點，省得被保守派刁難。況且，下個學期要舉辦二校聯合的學園祭，身為新人，理所當然地要留下來幫忙打雜……」

「是喔。」年齡的話他可以理解，對以百為年齡計算單位的特殊生命體而言，二十六歲的芙清，根本像個嬰兒。但是——

「混血種不好嗎？我記得D班也有狼人和妖精的混血兒啊。」他突然想起在入學前老爸也提醒他，沒必要的話別隨便提起奶奶的事。

「混血沒什麼不好，但混了人類的血，就不怎麼常見。」芙清輕哼了聲，「有些保守分子對血統很在意。極右派的部族長老對人類的態度就和白三角面對我們一樣，不可理喻。」

「是喔……」他早就把老爸的話放一邊，幸好他和同儕之間很少談到家人，雖然知道他的好友不會因此而對他有所差異，但他可能會因這樣的身分而引起好事者的攻擊。

血統啊……

對本身就是複合式物種的特殊生命體而言，血統的意義是什麼？

黃金獵犬精比土狗精高級，是這樣嗎？

才剛清點完藥品的芙清，從架上搬下一疊厚厚的資料，坐回書桌後，翻閱瀏覽。

「這是什麼？」

「上頭要我交一份統計資料。分析過去五十年裡校內的學生病症。」芙清淡淡地開口。

「是喔。」聽起來很麻煩。

從他和朋友到訪開始，芙清手邊的工作就沒停過，即使如此，她並未開口下逐客令。

這就是芙清式的溫柔吧……

福星看著自己的姐姐，想說些什麼，卻又覺得說什麼都不適合。

沉默了片刻，開口，「老姐，加油。」

九月夏末。

處於高海拔的夏洛姆，楓葉開始轉紅，淡綠色與橘紅色的葉片並存樹梢，形成參差不齊的豔麗斑斕。

新學期開始，福星等人升上了二年級，共同教室的位置不變，只是門板上的標示改成了2－C。

新生直接進入原本屬於三年級的空教室。

過了一個暑假，班上的學生並未有太多的變化，只有福星因為假日期間經常跑出去閒晃，導致盛夏日光在他身上留下了些痕跡。

「你中毒喔？怎麼全身發黑？」看見福星小麥色的肌膚，翡翠好奇地開口。

「你才中毒！這是曬的啦！」

翡翠挑眉，「我以為蝙蝠討厭日光。你真的很奇怪。」

「我也以為精靈都很清新飄逸，視金錢為糞土呢！」開學第一天就拿著 iPhone 看盤的精靈，沒資格說他怪。

「有錢人才能把金錢當糞土那樣花，窮人眼中金錢就是金錢。」

「說的也是。」福星偏頭想了想，「呃，所以，翡翠你很窮嗎？」

「不能說窮。嚴格說來，精靈族是不需要金錢的。我們生長在自然之中，任意使用天地間的自然資源就能生存。」

「那幹嘛賺這麼多錢？」

翡翠操作 iPhone 的動作停頓了一秒，「因為這個世界不是精靈的世界，我們的法則行不通……」

「啊？」

「使用者付費。就這樣。」翡翠不再多講，低頭專注地盯著手中的螢幕。

福星本想追問，但教室的門扉開啟。二C的班導，巫妖歌羅德，以一貫搶眼的華麗裝扮傲然步入共同教室。妙春隨即跑向紅葉，回到常坐的位置坐下。

歌羅德走向講臺，站定之後，直接切入重點。

「大家應該知道，這學期有個重要的活動，就是二校聯合的學園祭。雖然不確定班上會不會有選手，但為了以防萬一，還是概略地說明一下學園祭的流程——」

以土星運行做為計時單位的夏洛姆，今年步入第二十七屆。

每十二年舉辦一次的學園祭，格外盛大並且慎重，從十月朔開始，進行為期一個月的慶典。

祭典分為兩個部分。

第一個部分名為交誼賽，進行由校方定立的傳統比賽項目，以動態技能為主，異能力競技、巫咒實作是常見的主題。說是交誼，不如說是給個名目，讓早就相看兩相厭的南北校區堂堂正正互毆罷了。

第二個部分名為祭禮慶典，和一般的校慶差不多。從團體異能力表演，到學生作品展出，應有盡有。

最引人注目的，是學園祭前三天，會開啟時空門，由兩校共上百名的教職員一同施咒，打開一道連結南校與北校的出入口，讓學生們彼此互動。

當然，如果只是吃喝玩樂，那就太虛了。在晚會中同時會舉辦夏洛姆之星票選活動，由學生和教職員工一同投票，選出大家心中公認的夏洛姆最美麗的「生物」——不分男女，不分種族，得獎的只有一個，教授與學生都能參加。

夏洛姆之星是由寶瓶座主辦，今年是第四屆，卻是學園祭裡最引人注目的活動。

「這是所有非人類的集中營，十二年一次的夏洛姆學園祭。大家，好好享受吧。」歌羅德解說完畢，掃視了全班一眼。「以上。」

「校代表怎麼選啊？」

「學園祭是神聖的日子，因此必須絕對的公平公正。校代表的選擇，我們採取創校以來的傳統——骨占。」

「骨占？」

「以古老的神獸之骨來做占卜決定。類似抽籤那樣吧，被點到的人就是選手。」

「感覺挺不客觀的……」要是抽到肉腳怎麼辦？

「那麼，人的抉擇就客觀嗎？」歌羅德不以為然地笑了笑，「交給天，上天會幫我們選出最適當的人選。況且，骨占的結果至今沒有出過差錯，選出的代表都是校內的精英分子。」

「擔任選手有什麼好處嗎？」翡翠舉手發問，「比方說，獎金之類的……」

「擔任選手沒有任何好處，贏得比賽才會有好處。」歌羅德沒好氣地看著眼睛發光的翡翠。

歌羅德大致交代了些事項，大約一小時之後便散會。

福星收拾完東西，折返寢室。

正準備前往餐廳時，一股淺淺的暈眩感冷不防地罩住了他的思緒。

呃嗯？

……過來……

福星揉了揉眼，想保持清醒，但有一股無形的力量，擅自繚繞住他的思緒，若有似無地纏裹，然後，牽引著他前往某個熟悉卻又模糊的地點。

是貧血嗎？

福星用力眨了眨眼，然後大力地吸了口氣。

過來這裡……

為什麼？去哪裡？

立、刻、過、來。

夏天的夜來得較遲，雖然已過傍晚，但天幕仍透著微光，未陷入全然的黑，而是靛灰藍，帶著點慵懶的色彩。

異樣的感覺。

張著眼感覺看見了什麼，卻又什麼也看不見，白茫茫的一片，彷彿在夢中回想著夢。

「……福星……」

低喚聲從耳邊響起，肩膀傳來輕輕的搖晃。

「福星？」

彷彿被輕霧罩住般朦朧的五感，頓時清晰。

「呃！嗯?!」福星愣了愣，回頭看向身旁。

只見悠猊正一臉困惑地望著他。

「怎麼了？」他認出這裡是校內東部林區，他和悠猊相聚的老地點。

問題是，他什麼時候來的？

「我們剛才正討論到學園祭的事，然後你剛突然發起呆，大概十秒鐘左右吧。」悠猊盯著福星。

福星抓了抓頭，記憶逐漸浮現。

他下課後就跑來找悠猊，兩個人一如往常地分享著日常瑣事。

「喔，沒事，我大概有點累。」

「要回去休息嗎？夏天的太陽對蝙蝠精而言太烈了點……」

「沒關係，臺灣的夏日比這強多了。」

他想起國中時，所有學生在烈日下灑汗聆聽校長主任話當年時，只有他可以悠哉地待在教室裡休息。羨煞人也。

悠猊見福星回神，便笑著接續話題。「下週南校的選手就會來這裡了。」

「那麼早來幹嘛？比賽不是十月嗎？」

「適應水土囉。」

「說的也是……」聽說南校是建在南太平洋的珊瑚群島上，和瑞士北校區的氣候差很多吧。「你去過南校區嗎？」

「沒有呢。我對南校區的認知和你差不多吧……」南校區是二戰結束時才建立，算是校長的「德政」之一。

而那時的他，尚且幽禁在連黑暗都會被吞噬的裂縫之匣當中……度過該死的第一千年歲月。

深色的眼珠因著情緒而轉變，透出隱隱的琥珀色光芒。

「是喔？」沒想到悠猊也有不了解的事。

「什麼時候抽選手？」

「後天，始業式的時候。歌羅德說，選擇的方式是『骨占』呢，也就是用神獸的骨頭來占卜決定——悠猊，你還好嗎？」

是他看錯了嗎？提到「骨占」的那一刻，悠猊的眼睛瞬間變成金色。

「嗯？」悠猊偏頭微笑，陽光灑在他俊秀的臉上，眼眸反射著閃爍的日光。

大概是他看錯了。「用占卜來選擇，感覺很沒不科學呢。」

「是啊。不過，特殊生命體的存在，本身就是超乎所謂的『科學』能解釋的事吧。從另一個角度看，科學也是一種迷信。自然和超自然都是森羅萬象的真理之一，只是因為觀看者的眼光有限，所以覺得不同罷了。」悠猊抬起頭，望向蒼穹，「唯一能看透這一切的，只有一位……」

福星聽不太懂悠猊的話，但還是故作理解地應了聲，點點頭。

「雖然說骨占一定會選出優秀的精英，但難道校方都不擔心哪一次突然失常，抽到很肉腳的學生嗎？」比方說，像他一樣，咒法總是出錯、變身都有問題的半吊子蝙蝠精。

悠猊轉頭，望向福星，「你想參加嗎？」

「我哪配得上啊！」

「只是問你想不想，不是問你能不能。」

如果此刻他得到的答案是肯定的……

那麼，他會讓這答案成真。

呵呵……悶太久，真的太無聊了。

福星搔了搔頭，考慮了兩秒，「不想。」

悠猊略微詫異地挑眉。「為什麼？」

「該怎麼說呢。」福星皺眉，努力思索著該如何表達自己的想法，「嗯……就好像是，我喜歡玩線上遊戲，但是並不會想成為遊戲裡的人物。差不多是這樣的感覺吧。」

他喜歡交錯於虛擬和真實之間，連結兩個世界，但並不會想穿梭於其中。他喜歡坐在這邊，操控著另一邊的人，靜靜地觀看在自己主導下的所有變化。但不會想置身其中。

「簡單來說，就是喜歡隔岸觀火吧。」福星擊掌，下了個總結。

悠猊愣愣了一秒，然後……

「哈哈哈哈哈！」

近乎狂喜的大笑。福星從未看過向來溫和內斂的悠猊，如此誇張地展現自己的情緒。

「太好了，福星，真是太好了。」悠猊止住笑，滿意地望著福星，然後又忍不住輕笑了一陣。「這個想法很棒！非常傑出！」

很好。這才是他的利器，這才是配得上他的法儀。

愚者才會想去蹚渾水。戰場上真正的英雄不是在前線廝殺的士卒，而是在後陣指揮的將領。真正的強者並不是檯面上建功立業的英雄，而是在檯面下、看不見的黑暗裡，默默操控整個歷史發展的——

面對悠猊的讚賞，福星有點不知所措，靦腆地笑了笑，「沒那麼厲害啦……我只是個只會躲在背後觀戰的俗辣而已。」

「確實是這樣沒錯。」悠猊大笑，然後在福星的笑容垮下來之前，補了一句，「不過，我會幫你搭建屬於你的舞臺。讓你變成英雄。」

「這種事——」哪有可能發生啊……

「這種事，正在發生。」

「什麼？」

「你可以回去了。」

「什麼？」

悠猊伸手，輕輕地往福星的頭上拍了拍。

熟悉的朦朧感覆上了福星的意識。

「回去吧，然後暫時忘了我。等待我的召喚。」

福星點點頭，然後起身，迷迷糊糊地，朝著宿舍的方向走去。

「抱歉，現在只能用這種方式會面……」悠猊看著福星的背影低喃，「因為你將越來越耀眼，注意你的人將越來越多，所以必須如此……」

因為，他是不能浮上檯面的人。

他將操控歷史，在歷史的棋盤上，逐一布下自己的棋子。

賀福星，將是他的王將。

逢魔時刻的黃昏。

春日的夕陽是粉嫩的鵝黃揉雜著濃郁的靛紫。

夏洛姆的始業典禮在主堡的正廳正式揭幕，全校的師生齊聚一堂。

二、三年級的學員坐在大廳二樓的展望臺上，新生則坐在大廳中央。

向下俯看，新進的學員們有的神色自若，有的帶著對新環境的靦腆與不安，唯一相同之處，就是每個人都擁有著出色而美麗的外貌。

福星看著新人，回想著一年前的自己。初入夏洛姆的他，以為自己只是單純的進入外語學校，開學的頭幾天，還因為水土不服而臥病在床，錯過了始業典禮。

廳堂斜角處，坐著夏洛姆交響樂團，從入場時便演奏著莊嚴的樂章，帶著中亞風味的旋律迴蕩在廊柱之間。

「是新生呢。」福星扶著欄杆，好奇地往下望，「原來新生入學典禮是長這樣。」

「一樣無聊啦。」布拉德打了個呵欠，慵懶地往下看一眼，「一群欠調教的菜鳥。」

「你有認識的人嗎？」珠月笑著詢問「恰巧」坐在自己身邊的布拉德。

「沒有！沒有！」

「呃，你在緊張嗎？」

「當然不是！」

「噗……」後排的芮秋嗤笑出聲，「小狗狗想吃魚呀……」

布拉德回首狠狠地瞪著芮秋。

「什麼？」珠月詫異地眨了眨眼，「狼族不是對海鮮類過敏？」

「是呀。所以妳看他臉都紅了呢。」芮秋笑望著又羞又惱的布拉德，「是因為海鮮的緣故吧？」

「少囉嗦！」布拉德瞪了芮秋一眼，轉過頭，悶悶地瞪著底下的人潮。

珠月看向福星，投以不解的表情。福星聳了聳肩，乾笑帶過。

這傢伙還是一點長進都沒有啊……明明打人時這麼凶狠的說。

福星繼續打量著新生席。

有個特別顯眼的傢伙，吸引了他的注意。

斜右方偏後的座位，有個雪白的人影。白色的長髮垂在腦後，在大約背部的位置隨意地用條黑色的毛線紮起，蓬鬆的髮絲一路垂落地面，但頭髮的主人似乎毫不在意，髮尾是骯髒的灰色，看來像是經常在地面拖行。

皮膚和頭髮一樣，蒼白中帶著點淡粉，即使在歐美白種人之中，也相當顯眼。

不合身的制服套在身上，過大的尺寸使得肩線的部分不太自然，雖是夏季卻穿著冬服，長長的袖子在手臂上堆成一圈圈皺褶。

東方臉孔，略微秀氣的少年，長長的鳳眼中，嵌著血紅色的眼珠，雙眼無神而茫然地望著前方，然後，手中握著一片半透明的東西。

是氣泡紙。

少年細瘦的長指像是有自我意識般，擠壓著氣泡，一顆一顆地捏爆它們。

周遭的位置是空的，沒有人坐在他附近。

好詭異……福星暗忖。真是什麼樣的怪人都有。

二C的另一隅，也有人正對著新生席品頭論足，竊竊私語。

「妳看妳看，倒數第三排的那個男生。」紅葉伸出長指，指向新生座席，對著妙春低語，「不覺得他長得不錯嗎。」

妙春望過去，皺了皺眉，勉為其難地點點頭。

「怎麼了？」紅葉不解地問道。

「他長得像江之上的少爺……」

紅葉愣了愣，帶著點自嘲地輕笑了兩聲，「妳不說我還沒發現呢……」

「妳們兩個可以停止嗎？」坐在紅葉和妙春身後的丹絹，闔上書本，不悅地打斷小女生們的閒話。「別干擾我。」

妙春無辜看著丹絹，「我們講得很小聲。」

「和音量無關，蚊蟲的飛舞聲比雷響更讓人焦躁。」

「所以你希望我們講大聲一點？」紅葉刻意揚聲。

「我希望妳們閉嘴，安靜！」丹絹露出了個「受不了」的表情，感覺相當瞧不起人。

「你真龜毛。」

「紅葉……」妙春笑嘻嘻地將頭湊向紅葉耳邊，嘀嘀咕咕了一陣。

紅葉立即大笑，用不懷好意的眼光看了丹絹一眼，接著又大笑出聲。

這個舉動，讓丹絹額角立即浮起明顯的青筋。

「無知又無禮的女人，可以請教妳們在笑什麼嗎？」

「你是想裝酷裝知性來吸引女生注意吧？」

「怎麼可能！」丹絹重重地嗤聲，彷彿聽見世上最荒謬可笑的言語。

「那，是想吸引男生注意嗎？」妙春天真地開口。

「少胡說八道了！」

紅葉笑著擊掌。妙春繼續天真地詢問，「那，丹絹，你是受嗎？」

「什麼？」

「丹絹喜歡在上面還是下面呢？」妙春一臉好奇，有如求知欲旺盛的好學生，「你真的會用蜘蛛絲捆綁自己，尋求快感嗎？」

這番詭異的發言，讓紅葉和丹絹兩個人同時錯愕。

「妙春妳在說什麼！」紅葉瞪大了眼，彷彿看見有人在佛堂裡灌腸。

「小花說的。」妙春吶吶地說出主嫌的名字。

紅葉和丹絹同聲開口，「那個臭貓妖！」難得地，兩人達成共識。

二B席次裡，小花打了個噴嚏。

奏樂的最後一個音符休止，一名身著亞麻長袍的高眺男子，步上了廳堂中央的高臺。小麥色的肌膚，深邃的輪廓，看起來大約二十到三十來歲之間，嵌著石榴色的眼眸。頭髮乍看是黑色的，但在光線變動下，隱約透出棕色的光芒。

夏洛姆的最高領導，桑珌．福祿溫珠。

這是福星第一次見到他。桑珌雖是校長，但是待在學園裡的時間卻相當短，平時校務是歸由教務長葛雷處理。即使在學校，也停留在主堡裡，一般學生沒什麼機會見到他。

桑珌環視整個廳堂一圈，緩緩開口，說的是些公式化的官樣語句，勸勉學員充實自我、展望未來。他的語調平靜，彷彿是在複誦文章的機器，臉上的表情也相當平穩，看起來像沒有情緒起伏的人偶似的。

好無聊……福星打了個呵欠。

一股莫名的顫慄，從背脊底端隱隱竄升。

福星忍不住瑟縮了一下，略帶困惑地摸了摸後頸。冷氣開太強了吧。

「接下來，進行骨占。」

布朗尼突然出現，以驚人的速度，用桃木板在廳堂中央搭起一座約兩張床面大的平臺，然後迅速消失。

桑珌退向一旁，和其他教職員工站在一起。

接著，穿著祭司服的遊隼精言真，恭敬地端著一只鏤滿金色符紋的古老木盒，走向平臺，跪下，將木盒中的物品，一一陳列。

先是一匹暗紅色的布。布的兩面都以精工繡滿圖樣，其中一面是一個看起來像魔法陣的大圓，圓圈中央有複雜的幾何圖樣，看起來結合了西藏唐卡、中世紀煉金術、陰陽道、巫毒，還有一堆古老到幾乎無人知曉的原始信仰。

布的另一面，繡了個野獸圖騰，誇張到凌亂的線條，讓人難以清楚辨識野獸的原貌。銀灰色的繡線在光影的變化下，一會兒看起來像深黑，一會兒看起來又像純粹的白。唯一讓人看得清的特徵是，野獸的額頂突出了尖銳的角。

看見圖騰的瞬間，福星的心臟不自然地悸動了一下，但立即回復正常。

布匹被鋪在地面，野獸的那一面朝下，巨大的法陣呈現在眾人面前。

接著取出的是一個深紫色的水晶圓壺，壺上亦布滿金色符紋。

言真緩緩退下，在她之後出現的是歌羅德。

雌雄莫辨的臉孔上，畫著妖嬈的符紋，身上穿著巫服，頸上和手上都掛著護符。

歌羅德跪上平臺，閉眼低聲吟誦咒語。

低沉平板的音調在室內迴旋，迴旋，有如飛煙，繚繞盤旋。

所有人屏氣凝神，定睛觀看，只有洛柯羅仍舊像是在看電影一般，吃著雷根糖，一派悠閒。

幸好沒讓他帶瓜子。福星暗忖。

最後一聲咒語吐出，吟誦驟然停止，繚繞的餘音凝絕的同時，歌羅德大掌一掀，拂向紫壺，劃過一道完美的弧，將之拋向空中。

「唰！」

紫壺的蓋子翻開，裡頭裝的物品滾出，數十顆珍珠大的白色圓球飄懸空中。

被拆解、被琢磨過的神獸之骨。

紫壺落下，歌羅德穩穩以掌心接住，然而圓形的骨珠卻凝在空中，緩緩旋轉。

燈光隨著圓珠折射出詭異而絢爛的光芒，比世上一切的寶石都來得繽紛，卻又帶著點珍珠般的朦朧。

這奇異的景象讓所有學生露出驚嘆的目光，連洛柯羅都放下手中的軟糖，緊盯著圓珠。

「福星。」

「嗯？」

「那個好像白巧克力……」洛柯羅嚥了口口水，「你有帶巧克力嗎？我想吃。」

「噓！」煞風景！

同樣盯著圓珠的，不只廳裡的人。

廳堂挑高的拱頂外，有個觀眾潛伏在林蔭之下，雙手環胸，盯著屋裡的所有動態。

深色的眸子在看見骨珠時，瞬間轉為危險的殷紅，但立即回復。

久違了，可恥的記憶……

目光移向福星，停留了幾秒，接著轉向廳堂中央、站在一旁的桑珌。

久違了，偽善者。

數秒後，圓珠像是有意識一般，筆直地朝著布匹落下，但，其中有九顆圓珠朝著學生席而去。

窗外的目光一凜，亮起幽藍，骨珠在極短的瞬間，閃過相同的顏色，然後朝著目標降落。

室內一片安靜。

福星想東張西望，但是又不敢，因為他覺得全校師生的目光都往這個區域集中。是他的錯覺？怎麼覺得珠子好像都落在他周圍附近？

「拿到骨珠的學生起立。報上自己的名字和種族。」

遲疑數秒，帶著不確定的猶豫，中選者緩緩起身。低語的騷動隨之蔓延，有如石子落入潭中。

「三E，風精靈希蘭。」

「二C，炎狐紅葉。」

「二C，蛟族珠月。」

「二C，風精靈翡翠。」

「理昂．夏格維斯。闇血族。」

「布拉德．阿爾伯特，狼族。」

「丹絹。蜘蛛精。」

「二B，貓妖小花。」

「……一D……玄鳥族子夜。」

二十個班級，八百名學生，九名參賽者。

除了小花、希蘭與新生子夜，其餘的，全落在二C。

Chapter02

學園祭，
學生是娛樂師長的祭品

「九個人裡有六個在二C?!」

「太奇怪了吧?!」

議論在廳堂裡擴散，細小耳語之淪，轉為喧囂之波，連教職員們也露出詫異的表情。

福星好奇地張望，打量著站著的選手們。

珠月的表情略微尷尬，帶著歉疚的苦笑；紅葉則是落落大方，彷彿在競選校園偶像一般，頻頻向大家揮手送飛吻；理昂、布拉德和丹絹，則是冷著臉，對眾人的目光顯得不耐煩；只有翡翠掛著笑容，當然，福星知道，翡翠高興的原因並不是能擔任校代表，而是參賽後豐厚的獎勵品。

希蘭則是和平時一樣，帶著內斂而含蓄的微笑；小花沒有太大的反應，倒是不斷往二C的方向回頭。

至於名為子夜的新生……

福星伸長脖子往下看。雪白的瘦長身影聳立於新生席之中，少年手中握著珠子，一臉恍惚，彷彿神遊物外一般，愣愣地抬著頭，望著高高的窗外。

教職員間對於這個結果也感到詫然，許多目光集中到廳堂中央的歌羅德身上。

歌羅德皺眉，坦蕩回視所有的人。

「歌羅德教授，怎麼都落在二C？」

「你想說什麼？」歌羅德瞪了奈德一眼。

「說是巧合未免也太誇張了……」

「六個人呢……」

帶著狐疑和揣測的低語，在職員區響起。

「占卜結果就是如此。」歌羅德傲然開口，「祭巫的使命便是呈現天意，即使死也不可能做出辱沒使命的事。」

雖是如此，但不滿的埋怨聲仍未止歇，不少人甚至把矛頭指向二C，惡意的目光和咒罵不斷射來。

怎麼會這樣？

雖然他也覺得結果詭異，但是歌羅德不可能做出這種事呀！

福星焦急地望向全校的最高領導者，赫然發現，桑珌並未直視場中的騷動，而是抬頭望向挑高的牆面上某扇開著的窗戶。

他在看什麼？

片刻，桑珌回過頭，走向廳堂中央，歌羅德恭敬地讓開，退到一旁，所有的喧譁聲瞬間消失。

桑珌蹲下身，從紫壺中拾起一顆骨珠，放在掌心，看了幾秒，然後放回。

「停止無謂的猜忌。這不是普通的占卜，擅自妄作的話，只會讓自己帶來災難。」桑珌平靜地開口，平息眾議，「結果如此，我們只能尊重天意。恭喜這九位學生，成為北校區的代表。」

掌聲響起，不過，略微稀落。

「被選中的代表們，請上臺前，接受祝福。」

九名校代表紛紛走向中央，桑珌一一為之祝禱。

儀式結束後，桑珌轉身，退下，歌羅德領著代表離開廳堂，接著由其他教授上臺，說明注意事項。

眾人心不在焉地聆聽，廳堂內又陷入無趣的寧靜。

窗外，茂密高挺的枝叢裡，有人在笑。

從頭到尾，笑著看完整個過程。

呵呵……差點被發現。

望著從側門離去的桑珌，笑容略微斂起。

雖然討人厭，但不得不承認他確實有兩下子，不愧是那人的子孫……

視線轉向排列整齊的學生席，凝視著其中一人。

滿意嗎？我為你布置的舞臺。

準備登場吧，福星。

雖然骨占的結果造成一波騷動，但這騷動在典禮結束後也隨之終止。

學園裡的眾多成員對結果雖然抱著質疑，但是似乎對選手本身並無太多意見。

理昂、布拉德分別是闇血族與狼族的精英，而翡翠則是屬於上級的風向精靈。紅葉是罕見炎狐（擁有特殊屬性的狐精並不多見），丹絹則是包下眾學科榜首的超級資優生。

至於小花，雖然平時的表現並不突出，但似乎沒有人敢說她什麼。一方面是小花保有許多實力沒發揮，另一方面則是因為，小花知道很多事。

很多不願意被人知道的事。

握有眾多地下情報的黑暗女王，敢挑戰她必須有身敗名裂的準備。

新生代表，子夜。大部分的人不知道他的來歷，不過當他出列時，有不少年長的精怪對他投以怪異的眼神，帶著輕視與畏懼的眼神。

唯一一個令人心悅誠服、沒有任何異議的代表，就是希蘭，現任的寶瓶座副會長。

校代表確認後，便開始密集的訓練，課程之外的時間，所有參賽者都被聚集到異能力實作教室。

有人開始忙碌時，便有人開始無聊。

「好閒喔。」福星趴在診療臺旁的藥櫃上，打著呵欠開口。

醫療中心，今日傍晚芙清沒值班，福星照例來到辦公室探望小柿。

以往身邊至少會有三、四人同行，今天，只有洛柯羅陪著他。

誰叫他的朋友都這麼優秀呢？

洛柯羅一進屋便熟練地走向冰箱，從中取出一罐塑膠瓶，接著順手拿起紙杯，將紫紅色的濃稠液體倒入杯中，一飲而盡，然後發出意猶未盡的嘖嘖聲。

「喂！別喝太多，克制點。」

洛柯羅上回發現感冒糖漿之後，立刻產生濃厚的興趣，每次來都固定要喝上一小杯，簡直把醫療中心當成酒吧！

福星坐在旋轉椅上，溜動著滾輪，在醫護室裡轉著圈滑行，像是在海中漫無目的漂流的水母。

「砰！」

然後，水母撞上了名為磅秤的礁石，發出巨大的金屬聲響。

「要耍智障的話請回去。」賀芙清雙手環胸，冷冷地看著耍笨的弟弟。

「抱歉抱歉。」福星趕緊坐好，然後，發出無聊的嘆息。

賀芙清皺起眉，「幹嘛？」

「沒想到我們班這麼多人被選上。」

「不好嗎？」

「很好啊。」

賀芙清看出對方的心思，略微無奈地輕嘆了聲。「這樣的占卜結果，不太尋常。」

福星抬起頭，注意力被轉移，「所以妳懷疑有人搞鬼喔？」

穿著護士服的迷你身影，吃力地頂著一捆繃帶，搖搖晃晃地飛向置物櫃，在中途重心不穩，墜落到放置酒精棉片的鐵罐中。

福星趕緊起身，伸指拎起被酒精浸濕、渾身打顫的小柿。

「基本上並不可能。骨占只會對兩種東西有回應，都是不屬於現世的東西。最主要的，就是來自形上界的至高靈力波動，等於是神諭的顯示。那是不可能做假的。況且，這個結果雖然誇張，出現機率雖然低，但只要不等於零，就有發生的可能。」

「是喔。」福星拿了幾張衛生紙幫小柿擦拭，細小的噴嚏聲連連響起。

「看你悵然若失的樣子，該不會因為沒被抽中而喪志吧？」

「怎麼可能，」他知道自己的斤兩，「只是身邊的人都被抽中，只剩我，有點無聊而已。」

好冷清。好無聊。好像回到了以前的學校……

洛柯羅聞言，放下手中的糖漿，「你還有我呀！嗝！」

「謝謝喔……」

賀芙清淡淡地瞥了福星一眼，「不甘寂寞的話，跟去不就好了。」

「我又不是校代表……」

「你的耳朵也和你腦子一樣爛了嗎？又不是叫你參賽。」賀芙清冷哼了聲，「練習時可以在一旁觀看。」

「是喔?!」

「代表同意就可以。其實，在學園祭期間，校代表能行使很多特權，連教授群都要讓他們幾分。這是祕而不宣的規定之一。」芙清頓了頓，「別說是我告訴你的。」

福星眨了眨眼，樂不可支。「謝謝妳！老姐妳太棒了！」

面對這率直的稱讚，芙清不太自在地低頭，繼續看著桌上的檔案，淡然地開口，「還有什麼事嗎？」

「對了，有件事想問一下……」上回悠猊和他說的話，有些事讓他在意——

啪。

「嗯？」

「就是——」

是什麼？

是——說的話……

誰？

說了什麼？

不、能、說。

思緒突然轉入混沌，有如整個腦子硬被人塞入棉絮之中，正要到嘴邊的話語，頓時不知該如何接續。

「嗯？」芙清挑眉。

「呃，我忘了。」福星抓了抓頭，企圖找回方才的念頭，但卻怎麼也找不到。

「別一副少年失智的樣子，看起來更蠢。」

「喂！」

困惑地搔了搔頭，腦中最後一點隱約的思緒也煙消雲散化成空。

應該是不重要的事吧……

離開醫療中心後，福星開心地回到宿舍，雖然已過了晚餐時間，但校代表依舊未歸返，直到將近十點才一一出現。

「怎樣？有趣嗎？」理昂回寢之後，福星迫不及待地詢問。「做了些什麼？」

「不有趣。」理昂不耐煩地將背包丟向床鋪，更換衣服。「為了配合潛能來安排競賽項目和出賽選手，這幾天都在做測試。」

「嗯嗯，然後咧？」

「測試完了，週五會根據測量結果做個說明，然後開始練習。」

「那明天咧？」

「明天南校代表會到達，傍晚以後的課程和活動都暫停。」

福星點點頭，「那，指導的教授是誰啊？」

「有三、四個，但總教練是寒川。」理昂重重地嗤了聲，感覺非常不滿。

福星露出同情的表情，「不過，幸好被選上的同伴大多認識。這樣就不用擔心遇到討厭鬼了。」

理昂的動作突然停頓，「……占卜的結果不太正常。」

「喔，對呀。九個裡面就有六個是二C的，確實很不尋常。不過出現機率雖然低，但只要不等於零，就有發生的可能。」福星立即現學現賣，把下午從芙清那裡聽來的東西搬出來，「骨占只對高層次的靈體有回應，不可能做假的。」

「還有別的。」理昂沉思，低語，「除了都在二C，還有……」

還有別的共通點……比同在一班，更低、更小的機率，更隱微的共通點。

「你說什麼？」

理昂盯著福星一會兒，沒開口。

應該只是巧合吧。

面對理昂的怪異反應，福星不以為然，繼續開口，「那個新生子夜是什麼人啊？」

「精怪類，玄鳥族，也就是烏鴉精。」

「烏鴉？」福星腦中浮現那灰白的身影和殷紅的眼睛，怎麼樣都和烏鴉連不上邊。

「他是變異種，基因突變的白子。」

「是喔？」這倒奇了，他不知道特殊生命體也會突變！「特殊生命體基因突變……會怎樣？」

「沒怎樣。只是保守派通常將他們視為不祥之子。」

「為什麼？因為看起來和別人不一樣嗎？」

「那是原因之一，但最深層的理由是有九成以上的突變種是混血。」理昂停頓了一秒，「混了人類之血的孩子。」

福星的身子震了震，臉色驟變。幸好理昂背對著他，沒發現他的異樣。

「混血……不好嗎？」

「我不知道，對我來說沒差。即使出身望族，垃圾還是垃圾，但有些保守派覺得混了人類的血是混沌而不祥的產物。」

「這樣喔……」他嚥了口口水。

「某些混血兒具有異常的能力，而突變體更是如此。對於未知的事物，人們總抱持恐懼，不管是人類，或是特殊生命體都一樣……」

與生俱來的排他性。非我族類，其心必異，得而誅之。

造成無數爭鬥和慘劇的可悲天性。

「是喔……」雖對特殊生命體的血統觀感到有些不安，但理昂的反應和觀點卻讓他安心了不少。

福星不想繼續這個話題，便轉而開口詢問，「之後的練習，我和洛柯羅可以去旁觀嗎？芙清說，只要校代表同意，其他學生也可以跟去看。可以嗎？理昂？」

福星開心而急切地繼續說著，「當然，不是坐在一旁觀看而已，我會盡力協助你們的！看是要幫忙買晚餐還是要跑腿打雜，都可以——」

「不要搶布朗尼的工作……」

「嗯？」

沉默了一、兩秒，深沉到幾乎不可聞見的低語，從理昂那邊悠悠傳來。

「……你只要出現就夠了……」

二日後，傍晚時分。

通往主堡的中央大道鋪上了紅毯，為了迎接賓客，三點之後通道淨空，禁止一般學生占用，通道旁的草坪聚集了些好奇的學生，等著觀看。

寶瓶座的所有成員負責接待，北校區的選手則是待在主堡的會客廳等候。

屬於見習幹部的福星和以薩，與其他較低階的成員，站在主堡前一百公尺處，恭候嘉賓。

「他們怎麼來呀？搭校車嗎？」福星向一旁的以薩低聲詢問。

「不知道。但聽說是用特別的方式……」

「搭了飛機到瑞士之後，再用結界進行空間跳躍。」小花小聲地說著不知從哪得來的情報。「或許會有專人去接機……」

「哼，鄉巴佬。」同樣是實習幹部的緹絲忒得意地開口，「出場方式是展露實力的手段之一，客方學校會藉機拐著彎給主方學校下馬威，彼此較勁。」

福星轉頭，「妳在啊？」

「我一直都在！」緹絲忒嬌斥，「少忽略我！」

「噓！」前排的教職員回首。緹絲忒悻悻然地閉上嘴。

發著光的弧線沒入山間的那一刻，來自南方的隊伍出現在通往主堡的大道上，無聲無息，沒有預警，就這樣，整支隊伍自空氣中浮現，然後，理所當然似地在鋪著迎賓紅毯的大道上昂首闊步。

南校代表來了大約四十人，包括教職員工和學生，一行人威儀凜然，神態自若地緩緩朝著主堡移動。

「我打聽到消息，聽說這次的領隊想保留實力，走低調內斂的路線。」緹絲忒忍不住低聲炫耀自己的情報。

話聲甫落，一記響亮渾厚的爆破聲衝向天際。

璀璨的藍色調煙火在紫橘混雜的霞雲上綻開，一枚接著一枚，深淺不同的藍與綠，在空中聚成南校的代表圖騰——雙首海龍。

蜿蜒的龍身在空中盤旋了一圈，吐出似海潮又似火燄的巨浪，接著散落，化成點點水珠，落下地面，一旁觀看的學生走避不及，身上全被打濕，不滿的抱怨聲隨之響起。

煙花，是用水構成的，高段的異能力空中御水術。

「低調個屁。」小花冷笑。

緹絲忒怒瞪了小花一眼，皺著眉，望向天上的第二發水煙火。

太囂張了吧……

隊伍進入了主堡後，對開的大門隨之關上，由小花擔任北校代表，引導著賓客上樓。

福星和以薩站在見習幹部的隊伍裡，彷彿隨扈一般，一路跟在南校成員的後方，前往會客廳。

福星偷偷打量著隊伍中的人。雖然同行的學生不少，但大部分是跟在教職員的後方，走在最前頭的有十名學生。

南校的制服和北校不同，是走海軍風，男生穿的是雪白色的立領軍裝，女生則是白色水手服配上水藍色百褶裙。

裡面有五張東方臉孔：

一名是戴著眼鏡的斯文男，雖然不太顯眼，卻散發出長者的內斂風采。

另一名男學生將頭髮挑染成誇張的紅橘相間，並用髮蠟抓出向上飛揚的樣式；身上的制服沒扣上，露出刺青的胸膛，手指上戴滿金屬指環，耳朵上掛著大大小小的銅環和耳飾。

另外兩名是雙胞胎，外表看起來像十四歲的少女。兩人頭戴水兵帽，湖水綠色的俏麗短髮覆在頸上，水手服樣式的制服被改造，領結的部分變成深藍色蝴蝶結，雪白的百褶裙被換成短褲，洋溢著青春的光彩。

最後一名留著長辮的少年，雖然看起來中規中矩，但是衣服的袖口和下襬都繡著華麗繁複的凰鳥圖樣。

其他三男兩女都是西洋面孔：

擁有紫紅色波浪長髮的女學生，穿著短到大腿的百褶裙，腳下踩著高跟鞋，掛著性感的微笑，散發著吸引人的魅力。

另一名綁著金色馬尾的少女，有著精緻的五官，給人搪瓷人偶的感覺，身上的校服沒經過太多改造，不過手臂上有著淺藍色的刺青，流線形的圖騰纏繞著右臂，像是另一層皮膚。

另外三名男學生，都有著精壯挺拔的身形，出色俊逸的面孔，但其中兩人擁有過分蒼白的肌膚，透露出了闇血族的身分。

三樓會議廳出現眼前，白色的對開門扉左右敞開，北校的代表與校長已在裡頭等待。

南校人馬踏入廳堂，先是教職人員，然後是陪同的學生，最後現身的是這次祭典的主角，南校區的九名代表。

當兩方代表見到對方的那一刻，不尋常的事發生了。

「呃！」

兩邊的人，不約而同地露出愣愣的表情。

雖然沒有太大的動作，但是氣氛在一瞬間出現明顯的尷尬。

「啊……」

「呿。」

感覺異樣的福星，好奇地打量著，發現兩邊的人似乎都對另一方的某個對象感到訝異，那種「怎麼會是你！」的訝異，彷彿相親場合遇見前夫一般的尷尬神情。

發生什麼事？

「怎麼了嗎？」葛雷教授開口詢問。

「沒什麼……」

「只是剛好有認識的人。」紅葉、希蘭、珠月，以及南校的一名男子和那對雙胞胎，異口同聲地回答。

「該不會都認識吧？呵呵。」南校的領隊，中年略微肥腫的婦女，客套地輕笑出聲。

「我沒有。」小花悠哉地舉手。

兩列人馬幾乎全都僵硬地點了點頭，然後彼此望向對面的其中一人。

「好久不見，翡翠。」紫紅色頭髮的豔麗女子，毫不掩飾地朝著翡翠眨眼送秋波。

翡翠低咒了一聲，把頭撇開。

「沒想到珠月姐姐也被選上了呢。」雙胞胎之一好奇地開口。

另一名相同的臉孔笑著望向珠月，「這是故意安排的嗎？」

「當然不是，代表的選擇是根據骨占的結果而定的。」寒川低聲斥責。

「那可真巧耶，呵呵呵……」中年婦女再次發出毫無誠意的笑聲。

一股令人不安的騷動在室內緩緩萌生。

太巧。巧合得詭異。

第二個巧合。為學園祭籠上未知的不安與神祕。

「校長，這……」

「既然是天意，那就順命而為。」桑珌鎮靜地平撫場中的不安。

福星發現，身旁的以薩似乎也受到影響，整個人局促不安地顫動。

「唷，這裡也有個熟面孔。」來自南校的闇血族望向實習生席的以薩。「這不是罪孽之女的後裔嗎？」

「注意你的言辭。」理昂威脅性十足地低語。

「那麼，南校代表，來個正式的介紹吧。」

「狐妖，白泉。」斯文的男子開口，低著頭，不著痕跡地避開紅葉的目光。

「蛟人，海月。」

「蛟人，珠玉。」擁有和珠月神似面孔的雙胞胎同時發聲。

「夢妖，瑪格麗．蘇貝絲。」紅髮少女望著翡翠，勾起誘惑的笑容。

「山犬，護戎。」龐克風少年挑釁地比起中指。

寒川不滿地重咳了下，南校領隊不怎麼認真地斥責了護戎一聲。

「風精靈，艾蜜莉．雅斯沛特。」

金髮少女開口的同時，福星聽見希蘭發出一聲無力的低嘆。

「闇血族，凱爾．寇斯卡特。」

「闇血族，穆斯塔．特瑞亞。」

「狼族，萊諾爾．阿爾伯特。」

「玄鳥精，羽泰。」

「以上是南校代表。」寒川禮貌性地朝對方點頭致意，接著立即發難，對著領隊開口，「芭莉妲夫人，冒昧請教一個問題，為何貴校區的代表有十個人？」

「噢，這個結果我也很意外。」芭莉妲咯咯笑著，身上的肉隨著笑聲顫動，「龍鱗就這樣濺到了他們手裡，只能說是天意，無法更動。就像北校的骨占一樣。」

「我們是一起撿到海龍鱗的。」雙胞胎笑咪咪地開口。

寒川不太接受這個說詞，「龍鱗只有一個，照理說應該——」

「傳說雙胞胎是由共同的靈魂分裝到不同的軀體，一個被選上，另一半也會呼應。」芭莉妲夫人理直氣壯地解釋。「況且，這兩個選手年齡較小，才四十歲，所以一同出賽也是合理的。」

四十歲還算小喔……福星不服氣地在心裡嘀咕。

寒川對於話語被打斷感到很不高興，但又無法反駁，只好望向學園的最高領導者，桑珌。

「占卜的結果如何，我們只能接受。」桑珌依舊是老話一句，淡然回應。

接下來，廳內在充滿尷尬詭異的氣氛下，進行著迎賓儀式與說明會。

窗外的夕日半沉在地平線下，掛在濃密的枝椏下方。修長的人影雙手環胸，好整以暇地觀看屋內的景況。

嘖嘖……看來，出手干預的，並不只有他而已呀……

抬起頭，深色的瞳眸望向轉為靛紫的穹空。

「袖手旁觀這麼久，為何不沉默到底呢……」

他知道這意味著什麼。他知道「那位」一直在看。

但是，那又如何？他知道，「那位」是不會輕易破壞自己定下的法則，就算看不過他的作法，也不會出手干預。

正因為那位不會出手，所以，申張真理與公義的責任——

由他來代理！

不太和諧的迎賓式結束，南校的代表熱熱鬧鬧地住入校區西側的迎賓會館之中。

北校的代表在與對手會面之後，帶著鬱鬱沉沉的氣氛，前往學生餐廳用餐。一路上，大家都沒說什麼話，士氣顯得低落不少。

難得有這麼多同伴一同用餐，但每個人都帶著沉重的心事，只有洛柯羅依舊開心地用甜點在盤裡堆成小山，痛快地吃著絕對會讓營養師吐血的餐點。

「呃嗯，珠月。」福星受不了這怪異的氣氛，壓抑不了好奇心，忍不住開口。「妳認識那對雙胞胎？」

「他們是我的弟弟。我離開家的時候，他們排行老么，不知道後來有沒有新生的弟妹。」

「弟弟?!」

「他們年齡還小，所以外觀上的性別分化沒那麼明顯。」珠月微笑，「很可愛吧。他們小時候很黏我呢。」

「是啊。」那，為什麼剛才看起來這麼……

「在來到夏洛姆之前，我離開家鄉已經好一陣子了，現在突然見到親人，有點感慨。」珠月看出福星的心思，主動笑著解釋，「沒事的！不用擔心。已經不一樣了。」

福星看著已經回復的珠月，接著將目光轉向理昂，「理昂，你認識南校的闇血族嗎？」

「嗯。」

「你們是朋友嗎？」

理昂重重地嗤了一聲，「我還沒墮落到那種地步。」

「嗯喔……」

「凱爾和穆斯塔所屬的家族，是闇血族裡的極右派。」

「所以？」

「偏激的保守黨。至今仍有不少人堅持對人類進行肅清政策，他們自以為是世界的掌控者，有權力『管理』人類社會。雖然在對抗白三角時，保守派出了極大的心力，但是，」理昂頓了頓，「有些時候，我甚至覺得他們和白三角沒什麼兩樣。」

「闇血族的問題真多。」布拉德輕笑，「總是無法安分。」

理昂挑眉，「我倒想請教一下，南校的狼族萊諾爾．阿爾伯特，和你有什麼關係，布拉德．阿爾伯特。」

「耶?!你們同姓啊！」平常叫名字叫慣了，差點忘了布拉德姓什麼。

布拉德皺了皺眉，「他是我哥，就這樣。」低頭，用力地啃著豬排肉。

「令兄長得和你很像。」一直沉默的小花突然開口。

「嗯。」布拉德不以為然地應了聲。

耳熟的話語。他已經聽慣自己與兄長被拿來比較，然後，自己總是較差的那一個……

「不過，你比較帥。」小花理所當然地說著。

布拉德愣了愣，「呃，謝謝……」他有點不知該如何反應。老實說，他對這隻貓女，感到棘手……

小花神色自若地吃著飯，閒定自然地開口。「我討厭那個打扮得像街友卻自以為龐克的狗。」

「妳是說，護戎？」

「是的。」小花夾起秋刀魚頭，俐落地抽出魚身裡的整條骨幹，「他好像認識你，丹絹。」

「以前住在同一座山上。山犬和蜘蛛算是友好的部族，所以有些往來。」丹絹輕描淡寫地回應。

「也就是青梅竹馬是吧。」小花點點頭，下了結論。

「並不是！」

「翡翠，那個盯著你、不斷散發費洛蒙的夢妖是怎麼回事？」

「以前在威尼斯認識的。」翡翠不耐煩地回應，「沒什麼好說的孽緣。那女的簡直是邪惡的化身！」

「也就是情婦是吧。」小花點點頭，下了結論，「所以你是她的姘頭？」

「並不是！」翡翠嚴正否認。

「紅葉，同是狐精的白泉，和妳又有什麼關聯？」小花將矛頭指向坐在角落，和妙春竊竊私語的紅葉，「親人？友人？」

「我所屬的山之內家族和白泉的江之上家族算世交。我和白泉以前常在一起，也曾經住在江之上家族一段時間。」

「也就是政治聯姻下的未婚夫妻是吧？」

福星忍不住吐槽，「這個也差太遠了吧。」

「正是如此。」

「什麼？」福星驚訝地站起身，「他是妳的未婚夫？」

「正確來說應該是『曾經是』。」紅葉笑著坦承。

「呃？」那，現在咧？

「人家有妙春就夠了呀！」紅葉笑呵呵地將妙春摟入懷中蹭來蹭去。「暑假在部族會議見到面，沒想到現在又碰面了，真是孽緣呀……」

「希蘭似乎和那名風精靈有關聯。同是玄鳥族的羽泰和新生也是。」小花繼續開口，「除了我以外，每個人都有認識的人。我猜，大家或許和對方有些過節吧。先不提篡改占卜結果的可行性，兩方的占卜是在同一時刻進行，同時選出有這些關聯的人，是不可能的。」

小花停頓了一下，「這是不得不面對的天意。希望大家不要因為個人情緒影響到競賽結果。」

現場的氣氛，瞬間轉為帶著抗拒的不安。

「或許是上天安排這個機會，讓大家解決這些過節呀。」福星樂觀地開口。「這樣很好啊！趁這個機會把過去的恩怨解決，我覺得很棒！」

「是嗎……」顯然，很多人不這麼認為。但，每個人或多或少被福星的天真與樂觀給影響。

「而且啊，南校超囂張的，你們有看到他們行進時的煙火嗎？簡直就是來示威的！」福星繼續開口，喋喋聒聒，自然而率直地表達自己的意見。「地毯都濕了，布朗尼很不爽。還有啊，聽說他們還嫌迎賓會館太寒酸咧！好幾個實習幹部被派去使喚！」

「這是在安養院養成的習慣吧。」

「南校根本是老人養護中心。」

「逸豫足以亡身。」

「我們會讓他們囂張不起來。」

「是的。」

不知不覺，桌席間的氣氛逐漸熱絡，回復到平時的狀態，雖然心中仍有不安，但此刻，未來的煩惱和不安，暫且壓下丟到一邊。

幸好有你，福星。

同一個念頭，在不同人的心底同時浮現。

過了兩天假日，週一，來自南校的新成員，融入了學生之間，一同作息上課。

南校雪白色的制服，在北校的深色系制服裡特別顯眼，走到哪裡都會受到關注。但因為人數少，所以選手之間並不容易相遇。

直到傍晚的共同必修課。

二年級的異能力理論與實作中級，寬敞的階梯式大教室裡，混雜了十來個白色的身影，其中有四個是南校代表。

萝妖瑪格麗、闇血族凱爾、山犬護戎，以及妖狐白泉。

坐在福星身旁的翡翠，一看見瑪格麗出現，立即低頭，但對方仍看到了他。

「翡翠！」踩著高跟鞋的瑪格麗丰姿綽約地走向翡翠，然後，大剌剌理所當然地坐到翡翠腿上。「好久不見，我的風精靈。」

翡翠皺眉，「請妳離開，瑪格麗。」

「不想我嗎？」瑪格麗靠向翡翠，豐腴的胸脯擠向他的胸膛。「真無情……」

「誰會想念盜空自己存款的女人啊。」翡翠忍不住斥聲反駁。

「呀呀，那哪算騙。」瑪格麗咯咯輕笑，「是你自己要送我禮物的。我只是剛好挑到最貴的那一件而已。」

福星瞪大眼，「禮物？」翡翠這傢伙會送人禮物？

「是呀。」瑪格麗望向福星，「他年輕時比現在天真可愛多了。」

「哼！因為我繳了將近二十塊金磚的學費。」翡翠抖了抖腿，想把瑪格麗移開，但徒勞無功，「請妳離開！」

「你知道我最喜歡你哪一點嗎？」瑪格麗笑著伸手，撫向翡翠。

翡翠把對方的手推開，瑪格麗順勢抓住翡翠的手腕，移到自己面前。

「就是你生氣的模樣。」語畢，在對方的手背上輕啄了一記。

翡翠不管對方坐在自己腿上，猛然起身，但瑪格麗早一步站起，笑咪咪地望著他。

瞪了對方一眼，翡翠拎起包包，頭也不回地離開教室。福星和洛柯羅傻愣愣地看著剛才發生的事，不知如何反應。

感覺好像午間重播的花系列劇情喔……

「這傢伙還是老樣子。」瑪格麗苦笑，回頭看著福星，「我可以坐這邊嗎？」

「呃，嗯！」福星用力點頭。

「謝謝。」瑪格麗微笑。「你是翡翠的同班同學嗎？」

「嗯！」福星警戒地看著瑪格麗。

「朋友？」

「嗯！是的！」

瑪格麗打量著福星，片刻，揚起笑容，「你看起來人很好。」

「沒有啦……」福星不好意思地抓了抓頭。

「不不不，能和翡翠成為朋友的人，要有非人的耐性。」瑪格麗壓低聲音，「那傢伙對自己人也摳得要死。」

「是啊。」福星心有戚戚焉地開口。

「他老是推銷一些莫名其妙的商品，買了根本不知道要做什麼用。」瑪格麗沒好氣地翻了翻白眼，「根本是詐騙集團嘛！」

「沒錯沒錯！」原本心中的警戒不知不覺地漸漸卸下。「那個，妳和翡翠……」福星好奇地開口，「盜空財產是怎麼回事？」

瑪格麗無奈地嘆了口氣，「我以為風精靈對錢財並不在意，所以當他開口說要送我禮物時，我天真地選了我想要的東西。」

她伸起手，右手的手腕上，掛著一只嵌著一圈寶石的素雅銅環。

「很漂亮吧。」瑪格麗轉著手腕，寶石反射著美麗的光彩。

「好像妮妮熊七彩果凍。」洛柯羅垂涎。

「謝謝。」豔麗的容顏，隱約帶著惋惜和無奈。

福星看著瑪格麗，不忍之心油然而生。或許，她並沒有翡翠說的那麼邪惡吧？翡翠似乎太意氣用事了，她應該還是很喜歡翡翠的……

「呃，那個。」福星笨拙地開口，「加油！事情一定會有轉機的！」

瑪格麗揚起笑容。「謝謝。」接著，伸手給福星一個擁抱，幾秒後才放開。「你真是個好人。」

福星的臉整個漲成紅色。「喔嗯……不客氣。」

瑪格麗笑呵呵地看著福星。

好人。通常好騙。

夜晚九點，北校選手們聚集在校園東側，異能力實作的備用教室。位置偏遠的教學大樓，相當適合做祕密訓練。

寒川在教室裡布下嚴密的結界，防止一切竊取情報的行為。

情報戰是正式競賽前的重要項目，任何一點敵方的資料，都是提升獲勝機率的重要籌碼。不過，身為總領導的寒川對於這方面倒沒啥興趣。

「現在的程度根本沒任何有價值的資訊值得竊取。他們只會聽見笑話而已！你們只要努力讓自己更加強大就夠了！」寒川如是說。

福星和洛柯羅也來到練習場。領導的寒川見到兩個跟屁蟲雖然甚為不滿，但因為自己有個小把柄在福星手中，便硬是嚥下了氣燄修改結界，讓兩人也能進場，只用陰狠的眼神瞪了福星和洛柯羅幾眼，表達不快。

「昨天和言真以及葛雷教授看過各位過去的表現紀錄，然後做了些討論。」

寒川彈指，兩名助理妖精布朗尼立即將移動白板推至中央，上頭貼了張圖表，有各個選手的強項和弱點分析圖。

「諸位代表的擅長能力都不同，但有個共通點，就是在異能力和體能上較為突出。至於基礎學科方面的表現，則相當平庸。」

丹絹不滿地咳了聲。

學年排名第一的人，對「平庸」一詞顯然無法接受。

寒川瞥了丹絹一眼，「測驗的分數並不代表什麼。我不是在貶低你們，只是陳述事實罷了。」

福星忍不住暗忖：這傢伙嘴巴還是一樣賤啊……

紮著馬尾、穿著圍裙看起來像幼稚園老師的言真，趕緊出來打圓場：「寒川教授的意思是，我們可以把主力放在以體力為主的競鬥項目上，至於智力方面的學科測驗，只要大家維持在平均以上的水準就夠了。」

「據我觀察，南校那些傢伙也是只長肌肉不長腦。」寒川推了推眼鏡，「體術是這次的關鍵。」

福星忍不住咋舌，偷偷看向布拉德，但出乎意料的，「只長肌肉不長腦的傢伙」的弟弟，看起來倒是不怎麼生氣。

「我們已經依照各位的強項，擬訂出了最適當的競賽項目。」

白板上的名單如下：

珠月：族裔特殊能力實作運用（癒療）

紅葉：族裔特殊能力實作運用（舞蹈）

理昂：多元兵器格鬥

翡翠：異能力競技（空中）

希蘭：異能力競技

小花：異能力競技（陸上）

布拉德：體術自由搏擊

丹絹：咒術

子夜：（未定）

「新生的部分，因為資料不足，所以暫時未訂定明確的競賽項目，不過，應該會朝異能力操控或異獸召喚這方向進行——喂！專心聽講！」寒川斥喝。

雪白的人影蹲在角落，眼神空洞地把玩自己的髮尾，聽見寒川的叫喚，緩緩地抬頭。

「喔。」子夜愣愣地應了聲。

福星打量著子夜，偷偷觀察著對方的一舉一動。

這傢伙好像活在自己的小世界裡……

子夜一會兒將髮尾結成一條一條的小辮子，一會兒望著屋頂發呆，讓人猜不出他腦中在想什麼。

「福星，他好怪喔。」洛柯羅一邊吃著鱈魚香絲，一邊發表評論，俊帥的臉頰因塞滿食物而鼓起。

「你沒資格講人家吧。」

忽地，子夜抬起頭，目光望向福星的方向。

「呃？」難道被聽見了？

福星尷尬地起身，朝著對方揮揮手，然後走過去。

「你好，我是二年C班的賀福星，他是洛柯羅。」

子夜盯著福星，不發一語。

「呃嗯，要吃嗎？」福星一把拿過洛柯羅手中的家庭號鱈魚香絲，遞給子夜。

「很好吃喔！」洛柯羅在一旁幫腔。

子夜遲疑了幾秒，接下鱈魚香絲，接著一根一根地抽出，打結，編成長長一串。靜默不語，沒有道謝也沒有任何的寒暄。

「呃，那，不打擾囉？」福星不知道怎麼和子夜溝通，只好離開。

「你的頭髮……」

「嗯？」福星回首，摸了摸自己的頭，「怎麼了？」

子夜沒有多說，低著頭，繼續把鱈魚香絲連結成一條長長的線。

福星眨了眨眼，和洛柯羅退回自己的位置。

真的很怪……他最不擅長和這種人互動了，完全不知道對方在想什麼。

福星坐在一旁看著教授們和校代表談話、看他們練習。雖然插不上話、幫不上忙，但是光是坐在這裡，這種參與感就令他滿足。

過程中，子夜偶爾會抬起頭看著福星，看著那只有他發現的異常。

在福星的髮中，混著一根深紫紅色的細絲，隱隱發著光芒，將屋裡的所有聲光訊息，傳送到另一個空間裡。

夏洛姆校園西南隅，迎賓會館裡。

舒適華麗的交誼廳，選手們悠閒地坐臥其中，品嘗著布朗尼送來的醇酒和食物。

交誼廳中央，放了個裝滿水的銀盆，水中有根細長的紫紅色絲線，像針一樣，筆直立在中央。

細絲的周遭，傳來一陣陣的聲響。

「……珠月的治癒能力需要高度集中力，言真會協助妳進行練習。布拉德這幾天先進行基礎重訓，至於理昂……」

異能力練習室裡的所有對話，一字不漏地轉播著。

「吶，聽到了吧。」瑪格麗笑著開口，「北校的狀況已經在掌握之中。」

「做得好，瑪格麗。」凱爾讚許，「共同課上的演出相當完美，妳的演技越來越精湛了。」

「謝謝。」

共同課時，瑪格麗將帶著咒語的髮絲連結到福星的頭上。這個咒語進行起來相當容易，但是必須同時滿足數個條件——

第一，必須與對方大面積的肢體觸碰，如此才能將自己的咒語隱藏在對方的氣息裡。

第二，必須在對方內心願意的狀態下，咒語才能連結，否則會被排斥。

瑪格麗以高明的社交手段讓福星卸下心防，順利地將竊取情報的咒糸植入了福星的身上，細微至極的間諜，潛入了北校之中。

「可以看到影像嗎？」

瑪格麗伸手，撥了下水面，來自彼方的影像緩緩顯現。

幾個人湊過頭，打量著水面的熟面孔。

「嘖嘖，老樣子。」

「根本不足畏懼。」

瑪格麗再度伸手撥了下水面，畫面消失。「影像傳送的咒力振波較強，容易被發現，不適合長期觀看。」

「無所謂，情報已經夠多了。」

可憐的北校代表，簡直是任人宰割的俎上肉。

「啊，真期待比賽的那天。」他已經迫不及待看看那驚愕懊惱的表情了。

「還要繼續追蹤嗎？」

「當然。」凱爾舉起高腳杯，輕啜了口，「就當作，賽前的消遣吧。」

越是努力，失敗時的挫折感，越有可看性。

Chapter03

身體髮膚受之父母，不可換也

SHALOM ACADEMY

寒川的練習行程排得很緊，除了假日，幾乎每天晚上都有集訓，這還不包括個人與指導教練之間的專門訓練，彷彿要榨乾每一位選手的體力，挖掘出每一滴的潛能。

相較之下，南校選手顯得悠閒多了。

上午課程結束，福星和珠月走在前往食堂的路上。經過東大道時，遠遠就聽見叫喚聲。

「珠月姐姐！」

福星回頭，看見雙胞胎開心地跑向珠月，身上的打扮相當顯眼。兩個人穿著泳裝，臉上戴著太陽眼鏡，腰上掛著花俏泳圈，行經他們身邊的學生，無不投以怪異的眼光。

「珠玉，海月。」珠月笑著迎向兩人。對方像爭寵的孩童一樣，用力地擁抱著她，蹭來蹭去。

「好久不見！我好想妳喔……」

「已經十年沒見了吧？」

「好久……」

像是想起傷心事，雙胞胎悶悶不樂地低語著。

珠月微笑，輕撫著兩人的頭，「我也想你們……」

看著這畫面，福星幾乎要感動落淚。

「真的嗎？」

「珠月姐姐真的想我們嗎？」

「嗯。當然！」

「那，」雙胞胎抬起頭，深藍綠的眼眸從太陽眼鏡邊緣探出，盯著珠月，「為什麼不來找我們？」

「為什麼不來拜訪我們呢？」

「都已經來四天了呢，海月。」悲傷的語調瞬間斂起，天真的嗓音轉為質問語氣。

「是啊，珠玉。」

「連聲問候也沒有。對吧。」

「呃。」珠月的表情微愕。「那是因為……」

「沒錯沒錯。」

「珠月姐姐是在騙我們嗎？」

「怎麼可以這樣呢。」雙胞胎盯著珠月，一搭一唱地開口，「太過分了唷，姐姐。」

「抱歉……」

福星看著這三人的互動，看似祥和的畫面，他卻感覺不太對勁。

「呃，因為這幾天練習排很緊，珠月又要上課，又要練習，還要處理班上的事務，所以很忙……」福星忍不住幫腔。

雙胞胎回首，彷彿此刻才發現福星一般。

「他在和我們說話嗎?海月。」

「好像是呢，珠玉。」

「他是妳的朋友嗎？珠月姐姐。」

「看起來好遜。」

雙胞胎咯咯地笑著，無視於福星的存在，而珠月只是不語，靜靜地聽著，應聲。

啊……多麼熟悉的感覺……

「珠月姐姐，你們學校好麻煩喔，作業好多，教授也好囉嗦。」

「對啊，南校比這裡自由多了，才沒有這麼多規定呢。」

「嗯，非常抱歉……」

「噢噢，時間差不多了。」珠玉看了看手錶，「我們要去東湖游泳，天氣好熱。珠月姐姐要不要一起來？」

「那裡不能戲水……」

「那是北校的規定。」雙胞胎理直氣壯地開口，「南校成員不需要遵守。況且，我們可是校代表呢。」

「是呀，天意選出的校代表。」

「但是我下午有課。」珠月苦笑。

「真掃興。」

「啊，討厭！」

「抱歉……」

雙胞胎纏著珠月，聒噪了一會兒，才依依不捨地離去。

「抱歉，讓你久等了。」珠月對福星歉疚一笑。

「不會。」看著方才三人的互動，福星只有瞠目結舌能形容。

他從沒看過這樣的小孩，就算長得很可愛，但是，但是——超想扁的啊！

「妳弟弟……」

「很可愛吧？」珠月笑著開口，但是眼神卻顯得有些無力。

「呃嗯。」

「他們從以前就是這樣呢。」珠月繼續訴說往事，「十年過去了，還是沒變。水生族裔生得多，身為長女必須幫忙照顧弟妹，所以他們很黏我。」

福星看著珠月，想像著每天要應付那些死小孩的場景，忍不住打了個顫。

「呃，珠月，妳不覺得……」不覺得累嗎？珠月？不覺得煩嗎？

他想這麼問，但是又不好意思開口。

中央食堂裡，用餐的學生往來不絕。中央食堂附有完善的紫外線隔離設備，加上連接到各寢室的地下通道，讓夜行的族類也能前來用餐。

「福星，歌羅德覺得我應該找個人幫我處理班代事務。」珠月一邊吃著飯，一邊開口。

「妳要我幫忙嗎？」

「你之前已經當過班代了，不好意思再麻煩你，而且你還有寶瓶座的事要忙呢。」

「說的也是……」福星偏頭想了一下，「不然找芮秋怎麼樣？」

芮秋頗精明的，而且在班上的地位名聲也不錯，感覺很適合。而且也算是他們這一掛的，請她幫個忙應該沒問題。

珠月頓了頓，露出略微困擾的笑容，「芮秋的觀察力和判斷力都相當出色，而且學業表現和人緣都不錯，很有威望。」

「是啊。」

「但是、但是……」

「怎麼啦？」

「說不定會造成她的負擔，如果添加她的麻煩的話，那就真的是不好意思了——」

「不是說能力卓越？怎麼會造成負擔。」帶著點嘲諷的聲音從背後響起。

珠月回頭，「芮、芮秋。」

芮秋逕自拉開福星面前的位置坐下，「嗨，福星。這陣子過得如何？」

「還不錯。」

「聽說你勾搭上了南校的夢妖，真是好樣的。」

「並不是！瑪格麗她只是——」

「唷，已經熟到直接叫對方的名字了？」

「芮秋！」

「玩玩還可以，但別認真。夢妖是狡詐的種族，謊言是他們的氧氣。」

「就說我們不是那種關係了。」福星沒好氣地開口，「況且接近我又沒有好處。」

「未必。糞便都能提煉出沼氣了，誰說你沒有利益可圖？」

「喂！」

「至於妳。」芮秋將矛頭指向珠月，落落大方地微笑，「討厭我、不想找我幫忙可以明說的，不用想這麼多藉口。」

「我沒有那個意思。」珠月低下頭，怯懦地開口，「而且我也沒有討厭妳，如果我的言語或舉動無意冒犯到妳，造成妳的不快的話——」

「噢噢，確實是這樣呢。」芮秋微笑。

「呃？」珠月抬頭。

「非常不快。」芮秋自顧自地叉起肉，慢條斯理地咀嚼。

「對不起！」

「呃……芮秋……」

「開玩笑的。」芮秋揚起嘴角，然後低頭，快速地用完餐點。「再見囉，福星。」

語畢，彷佛風一般，快速地離開現場。

福星尷尬地看著珠月，「呃，芮秋只是開玩笑的，別太在意呀。」

「對不起……」

「不用和我道歉啦。」

珠月微笑，「說的也是。」

夜晚九點，異能力教室。北校代表一如往常地揮灑汗水，在寒川的吆喝下苦練。持續了五日的練習，每天的進展都大同小異。在一旁打氣加油的福星，漸漸地也覺得無趣了。

「呵呼……」福星打了個呵欠，靠在洛柯羅的肩上。

「想睡覺嗎，福星？」

「嗯，還好。」只是有點無聊。

目光對著教室，一成不變的景象映入眼中。

珠月、紅葉對著巨大的水晶注入能量，藉此訓練異能力的控制和提升極限；妙春則跟在紅葉附近，拿著小旗子不斷揮舞加油——很萌。

布拉德、理昂、翡翠及小花的競賽項目和格鬥有關，因此各自與寒川召喚出的式神進行對戰。子夜的競賽項目最終決定也是異獸召喚，便與希蘭一同練習。兩人站立在結界中央，操控著與異界連結的咒語。

除了子夜總是恍神和發呆引來寒川的咆哮之外，教室裡沒什麼特別的事發生。

好無趣啊……

有什麼是他能做的事呢？他也好想幫忙、好想參與……但是，在這裡他顯然派不上什麼用場。

「中場休息。」

寒川舉起手宣布，代表們紛紛離開練習區。福星立即熟練地將毛巾和冷飲遞上，這是他唯一的功用。

選手們或坐或站地散在教室各處休息。少了練習聲，室內顯得更為寧靜無趣。

「喂喂，福星。」洛柯羅扯了扯福星的衣角。

「怎麼了？」

「這個餡好少喔，我要換一個。」洛柯羅將咬了一口的豆沙包遞給福星。

「只有這一個，而且你已經咬過了就要吃掉！」

「如果內餡和外皮的比例相反過來就好。」

「自己去和廚房阿姨講。」

洛柯羅盯著豆沙包，突然眼睛一亮，「吶吶，福星。可不可以用咒語？」

「啥？」

「自創咒語啊，今天教的。」洛柯羅開心地說著，「用反轉定律，把豆沙包的內餡和外皮比例交換！」

「喔喔！」聽起來很有創意，「但是，我不確定會不會成功耶。你自己試好了。」

「我後半堂課睡著了。」洛柯羅說得理所當然，「幫幫我嘛，福星。」他繼續扯著福星的衣角，彷彿討糖吃的小孩。

福星拗不過洛柯羅的哀求，加上自己也悶得無聊，便接下豆沙包。

「失敗的話別怪我喔。」

「嗯嗯！」

福星拿出張白紙，憑著印象在紙上畫下方陣，寫下符文，接著，把缺了一口的豆沙包放在中央。

他想想，好像是要先唸咒語。

福星閉上眼，努力背誦著那不成語言的單音，略微僵硬地轉換著音調抑揚，重複著迴旋的節拍奏章。

接著是……默想，把預定要呈現的結果在腦中構築畫面，在腦中敘述，在腦中運行模擬。

然後，觸碰媒介，連結，使心物合一……

福星伸出手，能量在掌中凝聚。

他專注於關鍵詞，擔憂自己的分心會使結果失敗。

反轉，內外反轉。比例反轉。轉換、調動——行！

掌中的微波像水滴一樣，悠悠墜落法陣。

「啪唰！」

劇烈的衝擊波從歪斜的紙面方陣沖洩而出，彷彿將曼陀珠丟入汽水中的實驗一般，白色的泡沫向空中沖起一道巨柱，撞擊到天花板之後，化成一圈一圈的透明泡沫。

大大小小的泡沫，自空中飄下。

強大的振波讓室內所有人回首關注，奇異的場景，讓人一時之間不知如何應對。

同時，校園一隅，棲寄在林蔭之中假寐的頎長身影感應到靈波的共鳴，倏地睜眼。

噢噢，又闖禍了嗎？福星。

嘴角勾起笑容，起身躍向空中，如同箭矢一般，猝然朝異能力教室飛去。

偌大的異能力實作教室內，被大大小小的透明氣泡填滿。

光可鑑人的大理石地板，加強防禦作用的黑色石壁，這個以剛毅的線條構成的空間，此時飄滿了泛著虹光的泡泡。

七彩的透明圓體，輕盈地隨著微弱氣流飄移，折射著如夢似幻的光影，墜地後消散。

福星愣愣地看著場中，看著自己召喚出來的泡沫。雖然闖了禍，但是，感覺還頗漂亮的。

「不要碰那個泡沫！」寒川大叫，同時在周遭張開防禦結界。

但，太遲了，大量的氣泡飄落，碰撞到學員們的身軀之後，消散。

福星不解地望向寒川，只不過是泡沫而已，會不會太大驚小怪——

呃，那是？

寒川的身形一點一點地縮小、變矮，剛毅成熟的容顏也一點一點地轉變。

最後出現在眼前的，是一個十二歲的少年。過寬的衣服垂掛在身上，俊秀的臉孔氣急敗壞。福星認得這張臉，是寒川，卸下偽裝之後的寒川，被詛咒的真實樣貌。

這是……在作夢嗎？但是，其他人好像沒有什麼改變呀。

呃，不！不對。

「你在搞什麼啊，福星！」豪氣萬千帶著野獸狂野氣息的咆哮響起。百分之百布拉德的語調。

但，卻是女高音，來自現場最溫柔可人的少女，珠月。

「珠、珠月？」福星訝異地望向雙手環胸、一臉不耐煩的珠月，那樣的表情他從未看過。是他眼花嗎？

正當福星這麼想的時候，他突然發現視線變得有點模糊——也不是近視造成的，而是在現有的空間裡，看得到一些霧霧的、若隱若現的東西。

呃？眼睛好像，怪怪的……

「那、那個是我——」驚訝的男低音，從武器訓練區響起，「但是，我在這邊……」

眾人回首，只見平時冷著一張酷臉的理昂，竟然內八字地站著，雙手無助地懸在胸前，手指輕靠著嘴唇，儼然一副美人病心的模樣。

「被鋼鎚砸到頭了嗎？闇血族的小子。」「珠月」挑眉，一臉作嘔地瞪著理昂，「別擺出那副蠢樣。」

「為什麼要對著我說呢？」「理昂」不解地開口。

「紅葉妳看，好多泡泡喔。好漂亮！」

耳熟的聲音從另一旁響起，福星轉頭，只見一名和自己長得一模一樣的人，小跑步地奔向紅葉。

「我不是紅葉！」「紅葉」冷冷地推開那名少年，「我以為你的腦袋只有在智力上有缺陷，沒想到連認知能力也有問題。福星。」

「啊？」

「噢，我大概了解發生什麼事了。」布拉德盯著自己的手，前後打量著自己的身體，先是嘆了口氣，接著，露出詭異的笑容，然後，雙臂緊緊地環住自己的胸口，用力磨蹭，「這個觸感真棒啊……呵呵……」

那詭異的笑容，福星只在某個曾經想潛入男宿澡堂拍照的伙伴臉上看過——小花。

「這是……怎麼回事……」福星喃喃低語，望著走向自己的小花，「小花，妳知道發生什麼事了——」

「你似乎是福星。」

「呃？『似乎』？」

「你沒發現異樣嗎？」小花苦笑，搖了搖頭，「看看你自己的身體吧。」

福星低頭，發現自己穿著不合身的寬鬆制服，衣服看起來有點髒，且雙手的肌膚變得雪白，完全沒有原本曬黑的痕跡。

他覺得後腦勺有點重，伸手一摸，摸到了綁成馬尾、長度超過背部的頭髮。揪起一把髮絲移到面前，髮絲的顏色亦如肌膚，蒼白如雪。

這、這是——子夜的身體。

一旁，吵雜的噪音未歇。

「妙春、妙春，妳還好嗎？怎麼不說話？」

「翡翠？」

「我是紅葉呀。」「翡翠」困惑地開口。

「你是翡翠，那我是誰？」

「不就是，洛柯羅嗎……」

「我才是洛柯羅喔。」

現場陷入沉默。

眾人彼此相望，一瞬間，了解到發生什麼事。

「不妙了……」

窗外。

咒術爆發時，以高速飛至現場，即時趕到的旁觀者樂不可支，笑倒在樹梢之上。

太精彩了。

他就知道，日子絕對不會無聊太久……

滿意嗎，福星？

為你準備的舞臺，已經揭開序幕。

夜晚最後一堂課的鈴聲響起。一些學生和教職員想進入異能力實作教室。

寒川立即吟誦咒語，四面的門鎖立時栓上，廳堂內的上下天窗一扇扇像骨牌一般啪啪啪地閉起。

「外頭的人不准進來！」寒川施了傳音的咒語，讓聲音隨著風響徹普通大樓，「任何人都不准靠近。這個空間上了封印結界，擅闖者自行負責。」

接著，寒川彈指，指間像變魔術一般，多出了一根纖長黝黑的羽毛。

「去！」

羽毛如箭矢一般，乘著氣流，劃過了空中，穿越窗與牆之間的縫隙，飛向遠方。

數百公尺外，迎賓宿舍。

「怎麼了？」

「不知道，十分鐘前訊息就斷了。」女巫捲了捲放在銀盤中的細絲。「音弦沒斷，但是被無效化。」

「竊聽被發現了？」

「或許吧。」瑪格麗聳了聳肩。「需要重新施咒嗎？」

「不用。」凱爾不以為然地淺笑，「反正我們已經拿到必要資料。」只是少了一項平日的消遣罷了。

相較於其他人的鬆懈，戴著眼鏡的玄鳥精羽泰，一臉嚴肅地盯著水面。

「怎麼了？」白泉走向羽泰，目光一同望著水面。

「剛才的振波，讓人有點在意。」

「嗯？」

「有點像混沌之力。」

「大概是子夜發出來的吧。」

「但是又摻雜著一點不屬於現世、彷彿古老神靈的……」羽泰低語，努力搜索著腦中的資訊，「就像，這裡所封鎮的『那個』。」

「那是不可能的。」白泉拍了拍羽泰的肩膀，「你想太多了。」

羽泰皺了皺眉，對自己方才的發言也感到荒誕，「我大概是累了才說出這種蠢話。」

「畢竟你的對手是被稱為『鬼子』的子夜，會有壓力也是正常的——」

「有壓力的是你吧。」羽泰輕嗤，「面對可愛的未婚妻，下得了手嗎？共同課上，我看她一直在看你，似乎舊情難忘呢。」

白泉神色一凜，輕嘆了聲。「我和她已經沒有關係了。」

Chapter04

男子宿舍的祕密花園，
女子宿舍的魔獸世界

「現在狀況有些混亂。似乎因為某些原因，導致我們的靈魂被轉換到了不屬於自己的軀體上。但是目前的狀況都還未確定，說不定情況沒那麼糟，或許只是中了幻術，讓我們以為自己靈魂錯體罷了。」

「小花」漾著笑容，溫吞有禮地說明狀況，並且試著提出眾人都能接受的解決方案，出色地領導大局。

「因此，在專家到達之前，我們可以試著先釐清一些問題，首先，大家請自我介紹，讓我們知道軀體裡面的是誰。可以嗎？」

眾人互看一眼，表情都相當難看，但還是認同了提議。

「那麼，先由我開始吧。」「小花」率先開口，「我是希蘭．凡特斯。」

「原來我的身體現在是你在用呀，還不賴。」「布拉德」輕笑了聲，「我是貓妖小花。」

「噢……」「珠月」看著「布拉德」，發出一陣不悅的低吟，嘆了口氣，「我是布拉德……」

「我是珠月。」「理昂」開口，臉上堆滿愁容。

「理昂．夏格維斯。」希蘭總是帶著溫吞笑容的臉，此時被冷峻的肅殺之氣取代。

「我是丹絹。」「紅葉」厭惡地盯著自己豐滿的胸口，「這真是……惡夢。」

「我是翡翠。」「洛柯羅」開口。

「噢噢！我是洛柯羅！」「丹絹」興奮地對著「洛柯羅」揮手，「我看起來好好笑喔！哈哈！」

「我是紅葉。」「翡翠」雙手環胸倚著牆，渾身散發出一股妖冶的魅力，他望向站在一旁發愣的「妙春」，勾起嘴角。「看樣子，在妙春可愛的身體裡面的，是子夜吧。」

「妙春」傻愣愣地轉過頭，「有事嗎？」

「紅葉！我是妙春！我在這裡！」「福星」衝向「翡翠」，抱著他的腰蹭來蹭去。

擁有翡翠身體的紅葉，溫柔地拍了拍對方的頭，「變成這個樣子，沒辦法把妳抱起來了呢。」

「紅葉就是紅葉，外表變了還是一樣！」妙春堅持地抱著紅葉。

「妳們的情誼雖然很感人，但是，別拿我的身體做這種事好嗎。」洛柯羅體內的翡翠，尷尬地看著自己的身體和另一個男人深情擁抱的模樣，忍不住頭皮發麻。

「有什麼關係。」

在場的人一一報完名字，最後，只剩一個人。

「我、我是賀福星……」蒼白的身影畏畏縮縮地低著頭，「抱歉，是我搞砸了……」

靜默，充斥著整個空間。

「又是你！」布拉德怒吼，「你就不能安分地坐在一旁觀看就好嗎！」

福星瞪大了眼，眼底充滿歉疚。「真、真的很抱歉——」

「你——唉……」布拉德怒視著福星，雖然因為眼前的混亂而滿肚子不快，但卻怎樣都無法真的對福星生氣，只能懊悔。

理昂盯著自己胸前專屬於寶瓶座上級幹部的徽章，皺起了眉。這樣的新身分太過顯眼，對他偵查白三角相當不利。

無奈地一嘆。畢竟當初是他准許福星到場觀看，此刻他自覺沒立場說什麼抱怨的話。

「真的很抱歉！」福星慌張地不斷鞠躬道歉。

「不要怪福星！是我不好！都是我不好！上蒼啊……」在一旁的洛柯羅跟著瞎忙，以悲情萬分的哭腔呻吟。

「洛柯羅……」福星盯著洛柯羅，雖然感激對方的情義相挺，卻又感到怪怪的。

洛柯羅，你暑假到底是看了什麼片子啊？……

其他的人，看著沮喪的福星，縱然心有不滿，但也不忍責罵。

除了寒川。

「我就知道是你！一開始我就反對閒雜人等進來了，但是桑珌卻覺得無所謂，他的態度太過寬容——」

門扉打開的聲音響起，眾人回首，只見持著鳥羽的賀芙清，劃開結界進入。

「老姐？」她來幹啥。

「我收到寒川教授的極密緊急信息。」

「極密？」

「這裡發生的事，不能說出去！」寒川高聲宣布。

賀芙清的目光掃過廳堂裡的所有人，接著移向周遭，打量了廳堂一圈。

「有高能咒力的餘波，」她頓了頓，「是非理則的咒力……」

「非理則。」寒川冷哼了聲，「混沌之能。」

賀芙清轉頭望向福星，她不知道此時的福星身體裡占據的是妙春的靈魂。

透過子夜觀看整個狀況的福星，聽得一頭霧水。

啥？混沌之能是什麼？為什麼老姐知道是他闖的禍？

「我明白了。」賀芙清嘆了口氣，「自家人弄髒的屁股，會由我來擦乾淨。」

「不、不是我啦。」妙春趕緊辯白，「人家是妙春。真正的福星是他才對。」語畢，一手指向子夜。

芙清走向子夜，「你是福星？」

福星點點頭。

「你做了什麼？福星？」

「我不知道。」

「我想也是……」芙清走向其他學生，邊詢問狀況，邊在記事本上記錄，同時繞了整個異能力實作教室一周，搜索著任何蛛絲馬跡，感覺就像CSI犯罪現場的偵察員。

最後，她撿起一個被咬了一口、外表有點燒焦的豆沙包。

「這個是誰的？」

「我的！我是洛柯羅喔！」

芙清點點頭，「我知道。」她將豆沙包舉到面前，仔細地觀察了一番。

福星的目光也緊張地集中在豆沙包上。

然後，他發現豆沙包外層竟突然籠罩著一圈淡橘色混雜著紫色的光霧。

「啊?!」福星揉了揉眼，再仔細一看，光霧消失。

眼睛好像變得怪怪的，是哪裡出了問題？

「因為那是我的身體……」存在於妙春體內的子夜，恍惚低語。

福星望向他。但對方低著頭，靜靜地玩著繩結手環上的流蘇。

「這上面有異能力咒術遺留的能量。」芙清看向福星，「能解釋一下你做了什麼？」

「洛柯羅在吃豆沙包，他說內餡最好吃，希望能把內外的比例調整反轉。然後我想說最近在教自創咒法，不如拿這個來試一試……」福星低著頭膽怯回應，不敢直視芙清的臉。

「現在還在教理論，沒進入到實作，不能擅自試驗的！」寒川憤怒地斥責，稚氣的小臉氣到扭曲。

「抱歉……」

「現在說抱歉有個屁用！不能回復怎麼辦？學園祭怎麼辦？如果我必須一直維持這種可笑的外表怎麼辦？如果你那些伙伴永遠回不了自己的身軀怎麼辦?!」寒川憤憤然地咆哮。

「抱歉，真的很對不起！我沒有想這麼多……」

「你就是想太少，思慮欠周密！一直都是！」

「應該不會這麼糟糕啦，」待在理昂身體裡的珠月，勉強壓下自己不安的情緒，溫和地幫福星說話，「教授您冷靜點。」

「閉嘴，這裡輪不到妳說話，鄉愿的偽善者！」

「呃！抱歉——」珠月低頭泫然欲泣，但用的是理昂的臉，所以看起來萬分詭異。

「別哭，請妳千萬別哭……」理昂一時間顯得有點手足無措，他不想看見自己的臉露出那樣的表情，但又不知該怎麼安慰阻止，只好站在一旁，尷尬地盯著自己。

「凶什麼啊！」看見自己喜歡的人被斥罵，布拉德一肚子火，加上寒川平時威嚴的外貌變成小孩，他的膽子更大了些，「你覺得自己有資格插話嗎？身為教授，身為北校總教練，竟然連這種中階咒語的失控都抑制不了，甚至讓自己也跟著中咒？校方要算帳的話也是算到你頭上吧！」

「你說什麼！」

「就是呀，寒川教授。」紅葉笑呵呵地幫腔，「堂堂黑天狗變成這副模樣，我看你別當北校總教練，改當吉祥物比較適合呢！」

「你們這些傢伙——」

「好了，安靜點。現在不是吵鬧的時候。」希蘭出聲壓下場面。「現在應該想想要如何應對。」

「要我先向上級報告嗎？」芙清詢問。

「沒這必要。報與不報沒有任何意義。學園祭這項傳統，除了選手死亡或發生重大天災，否則是不會取消的。況且，校代表是由骨占選出，會發生這些事，也可能是注定的天意……」

希蘭沉默了幾秒，「況且，讓其他人知道我們的狀況只會影響士氣。因此我認為現在我們該做的，就是一邊找出解咒的方法，一邊繼續賽前的訓練。」

芙清點點頭，「確實如此。」

「這裡什麼時候輪到你做主！」小正太寒川氣燄囂張。

「這是最恰當的做法。如果讓校方知道在總教練監控的練習下，竟然發生了如此不可思議的意外……」希蘭刻意停頓了一下，露出愛莫能助的笑容，「我想，這對教授也非常不利。」

寒川語塞。

「況且，教授雖然仍保有自身的軀體，但是以現在的外貌出現的話，或許也是非常不恰當的。」

寒川皺眉，低咒了幾聲。

「我們必須偽裝成自己所在的軀體角色。不能露出破綻。這段期間，大家就照以往一樣作息。要扮演好另一個角色並不容易，大家得互相配合。」

「那個，我有問題……」布拉德舉手，「我現在的身體是女生，這樣子，非常……」

福星看見布拉德的臉整個通紅，雖然心情沮喪，但仍忍不住感到好笑。

布拉德啊，這下你和珠月的關係又「親近」了不少呢。

「除了洛柯羅、翡翠、理昂和福星之外，其他人的性別都變了。」希蘭體諒地開口，「我知道這很困難，但為了整個團體，也是為了我們自己，也只能請各位勉強自己去適應了。」

一時間，室內一片寧靜，眾人沉思了片刻，雖然對接下來的任務感到困難且尷尬，卻也找不到更好的方案。

「也只能這樣了。」

「很好，那麼請各位告訴身體擁有者，自己平時有什麼習慣和需要注意的地方，以免露出破綻。」希蘭笑了笑，「那就，散會吧。希望至少在明天之前，不要傳出什麼奇怪的傳聞。」

眾人互看了一眼，同時嘆了口氣，認命地接受現實，開始面對接下來的生活。

珠月走向布拉德。看著自己的身體站在面前，感覺到有點不自在。

「辛苦你了，布拉德。」

「不會。」布拉德看著存在於理昂身體裡的珠月，心裡五味雜陳。

「謝謝你剛才幫我說話。」

「沒什麼。」布拉德不好意思地抓了抓臉。

珠月揚起微笑，「那麼，我的身體就麻煩你照顧了……」

這句話的威力相當驚人，布拉德頓時手足無措。

「我會很小心的！絕對不會亂來——呃嗯，我的意思是，我從來沒有對這個身體有過不當的遐想……呃，正當的遐想也沒有，不、不對——」

布拉德感覺面臨崩壞邊緣，腦子裡被雜念和超越限度的羞赧塞填，他雙手抱著頭，試著將那些擾亂他思考的念頭壓下，壓回潛意識裡。

珠月的身體！他要照顧珠月的身體——珠月的身體啊啊啊啊！

「冷靜點，布拉德。」看著「珠月」瞪大了眼、一副歇斯底里的模樣，福星忍不住推了推布拉德，小聲提醒，「你這樣會害『珠月』看起來很奇怪。」

布拉德回神，輕咳了聲，「抱歉。這咒語威力很強，影響我的判斷力和正常思維。」

福星瞪了布拉德一眼。

「沒關係的……」珠月尷尬地笑了笑，然後望向「希蘭」，「那個，理昂同學，很不好意思，請問我……」

「妳想怎樣就怎樣吧。」

「有什麼要注意的事嗎？」

「去問福星。」理昂冷冷地開口，看了在新身體裡的福星一眼，然後頭也不回地離去。

「冷酷的傢伙。」布拉德看著理昂的背影，半是嘲諷，半是佩服，「都這個時候了，還能維持那樣的情緒。」

理昂看起來跟平常一樣，冷靜漠然，但福星看得出來，理昂在生氣。變成希蘭之後，行動會受到很多限制，他不能像以往一樣潛出校園，調查莉雅的事了。

占有著布拉德身體的小花，顯得躍躍欲試，雙手放肆地往身上摸來摸去，然後發出怪異的笑聲。看來，如魚得水的，只有小花一個。

如貓得魚。

離開練習室之後，一路上，眾人各自向自己的身體原主打探消息。

希蘭主動走向小花，「我會小心使用的。日常的清洗時，可能會有冒犯之處，還請見諒。」

「反正也沒什麼好看的。」小花邊走邊端詳著手掌，細細地欣賞著那骨節分明而充滿力道的長指。

「那麼，關於課程的部分？」

「我的桌上有張課表，你想去就去。」

「蹺課不太好吧。」

「不蹺也未必一定好。」啊，這手腕、這腕骨……真是太棒了！

「那同儕和朋友互動，有什麼要注意的細節？」

「沒有，不用刻意模仿我，我的朋友很少。」

「但如果班上同學發現妳和平常不——」

「無所謂，他們就算覺得有異也不會怎樣。」小花淺笑，「或者說，他們也不敢怎樣。」

希蘭挑眉，不予置評。片刻，他還是好奇地開口，「妳似乎知道很多別人的事。」

「嗯哼。」

「這是……出於興趣？」

「我又不是變態。」小花瞪了希蘭一眼，「是為了方便行事。比方說，有些消息能讓某人乖乖聽命行事，某些物品能讓某人幫你取得東西。」

「這樣啊。」希蘭點點頭，「妳有當統治者的天分。」

「呵呵，怎樣，要把寶瓶座的位置給我嗎？」

希蘭微笑，「暴政必亡。」

「能力不夠才會自取滅亡。」

來到宿舍廣場前，小花將鑰匙丟向希蘭。

「備份鑰匙在進門的瓷碗裡。進去之後請幫我把靠牆的鐵置物架上編號06塑膠箱子搬過來給我，還有筆電、三角架、編號04的乾燥箱裡的鏡頭。謝謝。」

「好的。」

「另外，不要亂動我的東西。不要亂開櫥櫃的門、不要亂點電腦上的檔案和連結。」

「我並不會窺看他人隱私。」希蘭嚴正自清。

「噢，我才不在意你看呢。」小花不以為然地勾起嘴角，「只是怕你嚇到而已。」

丹絹、希蘭、子夜，以及布拉德，站在女生宿舍門口。四人深吸了一口氣之後，像是要進入祕境的絕地探險家一般，審慎嚴正地踏入屋中。

時間有點晚了，所以路上沒遇到什麼人。一樓交誼區裡，坐了幾個高年級女生，抱著抱枕，輕鬆愉快地聊著天。偶爾有穿著睡衣和熱褲的女學生，包著頭髮從大澡堂走出。

很平凡，很正常。

「沒有想像中糟糕。」丹絹鬆了口氣，「我以為會看見一群歇斯底里的女人在屋子裡裸奔，然後瘋狂地啃食著生肉。」

「噢，丹絹，你腦子裡裝了什麼？」希蘭輕笑。

希蘭和布拉德前往二樓的宿舍，丹絹則是牽著子夜走向四樓。

「幸好小花和珠月同寢，這樣至少我們在寢室裡可以放下偽裝。」希蘭淺笑著領著布拉德。進入珠月的寢室後，布拉德一直是茫然恍神的狀態，彷彿突然入了仙境的凡人。

「嗯……」布拉德站在珠月的床區，瞪大了眼，打量著水藍色系的擺設和物品。空氣中，飄散著淡淡的肥皂香，和珠月身上一樣的味道。書架上擺著書，還有許多琉璃製的工藝品，以及幾個布製人偶。

目光向旁緩緩移動，剛洗好的衣服整齊地疊在床邊矮櫃，那小小的湖藍色布條是——

布拉德倒抽一口氣，把臉撇向一邊。

「聽說原本她們不同寢，是這學期才申請同宿的呢。」希蘭悠哉地打量著房內的擺設，開口，「真意外，看起來沒有交集的兩人，竟然能成為好友。」

小花的寢區東西很多，除了宿舍原本配給的木製櫥櫃，還放了兩個自行組裝的ＤＩＹ鐵架，上頭整齊地放滿了一個一個的塑膠箱，抽屜上貼著編號標籤。

希蘭走向置物架，把小花交代的東西一一搬下，東西不多，但是頗重。

「布拉德，可以幫我把這些東西搬到樓下嗎？」

「好！」他現在必須離開這個空間一會兒，不然他的心臟會負荷不了。

夜晚的溫度驟降，希蘭想披件外套再出門，他走向衣櫃，拉開胡桃木門。

「噢噢。」希蘭發出訝異的感嘆。

「怎麼了？」布拉德回頭，希蘭立即把門關上。

「沒什麼。」意外地，他發現了少女的祕密。

櫃裡，沒有放半件衣服，取而代之的是無數膠卷、底片和成疊的照片。衣櫃的門扉後方，貼滿了大大小小的照片，全是校內最搶手熱門的男學生。

希蘭很榮幸地發現自己的照片也在其中，勾起了嘴角。好品味。

然後，目光向櫥櫃內側移去。

最內側的牆面上也貼了照片。只有一張，巴掌大小的臉部特寫，獨自占據了一面牆——布拉德的照片。

丹絹進入了寢室沒多久，窗戶就傳來敲擊聲，但見避開了偵測咒的紅葉正笑著站在窗臺上揮手，丹絹便把落地窗打開，紅葉靈巧地躍入。

「要是被別人看見了，說不定會傳出緋聞呢。」紅葉樂呵呵地笑著。

由於紅葉先和翡翠返回寢室，所以和丹絹約在女生宿舍裡見面。

「反正身敗名裂的不是我。」丹絹掃視著紅葉的房間，露出厭惡的表情。「這裡是遭小偷了嗎？」

桌面、地面、櫃子上，毫無規律和秩序地擺滿了東西，衣服、鞋子、飾品，還有大大小小、功能不明的包包。

「這麼亂為什麼不整理？」

「哪會亂？這樣擺都是有次序的。這區是放逛街用的包包，這區是上課用、裝重物的包包，這區是高跟鞋，這區是平日鞋，這區是搭配的飾品配件，然後那一區是名媛風的衣服，右邊是學院風，櫃子上是制服，還有──」

「夠了。」丹絹撫額，感覺自己的腦子隱隱抽痛。「我知道了。」

「我通常是和妙春一起。」紅葉望向一臉恍惚的妙春，「我看子夜大多是處於這個狀態，你也省了點心力去應付，只要帶著他行動就是。」

「麻煩……」

「另外，譚雅和彌生有時候會來找我閒聊。」

「聊些什麼？」

「彩妝、美容、戀愛之類的吧……反正不是什麼深奧的學問，你隨便應對就是了。」

丹絹走向梳妝臺，眉毛高高挑起，「這些瓶瓶罐罐是什麼？妳在這裡搞生化實驗嗎？」

「噢，你不提，我還差點忘了。」紅葉依序從桌上拿起各式各樣的保養品，「這罐是化妝水，洗完臉之後先拍一點在臉上，然後再擦這罐精華液、這瓶乳液，皮膚乾燥的時候可以再加這一罐面霜，然後再塗美白凝露，最後敷上一層薄薄的晚安凍膜就好。」

「『就好』？」

「是啊。這種凍膜擦了之後不用洗臉，很方便。然後記得，出門前要塗防曬油和隔離霜，我這個人不常化妝，只要稍微拍點蜜粉和腮紅就好。」

丹絹覺得全身無力，「我非得做這些膚淺的事嗎？」

「隨你呀。」紅葉得意地雙手環胸，「這麼複雜的工作，對你來說似乎太困難了，我也不指望你會做好。」

這話激起了丹絹的好勝心。

「收回妳的話。」丹絹坐下，低頭研究起各個瓶罐上的說明文字。

紅葉聳肩，知道計謀得逞。

「差不多就這樣，有問題再打電話給我吧。」紅葉轉身走向窗臺。

「只有這些事要注意嗎？」丹絹冷不防地開口，「妳似乎忘了還有件重要的事吧。」

「什麼？」

透過鏡面，丹絹勾起賊笑，「妳未婚夫那方面要怎麼應付？」

紅葉不以為意地笑了笑，「白泉不是我的未婚夫。」她微微輕嘆，「況且，他不會來找我的。」

「如果來了呢？」

「呵……」紅葉露出苦笑，「隨便應對就是了。」

「我很好奇，你們之間到底發生什麼事？」

「你可以自己問他。」紅葉燦笑，然後頭也不回地躍上窗臺，消失在夜色當中。

另一方面，男生宿舍。

理昂和希蘭簡單地談完話之後，獨自離開。翡翠和紅葉以及洛柯羅一同行動，福星則領著珠月和妙春，進入男生宿舍。

「我的寢室在三樓……」福星拿著自己的背包，遞給妙春，「這是我的包包，鑰匙放在最前面的夾袋裡。」

「好。」

一路上，和幾個一年級的學生擦身而過，大部分的人是刻意避開，有的人則直接對他投以嫌惡的目光。

「異種……」

福星知道他們說的是子夜，但心裡仍不免受到影響。

步上二樓的階梯時，遇上了同班的雉精墨鴒。

「唷，晚上好啊。」

「晚上好啊，墨翎。」福星下意識地開口。

墨翎則投以怪異的眼光。

「呃嗯，你好，我是子夜……賀學長提過你。」福星尷尬地硬拗，然後用手推了推身旁的妙春，「對吧。」

「一點也沒錯！」

「為什麼會提到我？」

「因為——」妙春偏頭想了一下，「因為你們都是雞。」

「喂！」墨翎的臉色一沉，「一點也不好笑，福星。」

珠月趕緊打圓場，「他不是有意的。福星他因為陪我們練習，所以有點累。」接著，她像平常一樣勾起嘴角，「你不會介意吧？」

若是平常，珠月露出這樣的笑容，總是會讓談話者有如沐春風的溫柔感。但此時，她用的是理昂的臉，同樣的笑容，效果截然不同，彷彿背著來福槍的黑手黨，笑著問受害者想要哪一種死法。

墨翎挑眉，露出驚訝且驚惶的表情。

「呃嗯，我知道了，理昂……」乾笑了兩聲之後，像逃難似地轉身離去。

「珠月，妳不能對著別人微笑。」

「噢，抱歉，我忘了理昂同學很少笑。」

「不，呃，也是啦。」福星抓了抓頭，不好意思地開口，「重點是，妳剛才那樣笑，很恐怖。」

進入寢室後，福星一一解說注意事項：「這邊是浴室，理昂的床區是靠裡側——對了，珠月妳要記得，理昂是闇血族，不能照射到陽光，白天最好待在屋子裡。」

「嗯嗯，我知道。」

「理昂的東西很少，櫃子裡放了很多武器，那些盡量不要去碰。妙春，知道了嗎？」

「嗯嗯！」

「因為我們同班，所以平時的互動和行程妳們應該都大致了解，妙春還好，珠月的話最好盡量少和他人談話。理昂沒有選修課程，只有上共同必修課。妳有很多空閒的時間。噢，他偶爾會和芮秋一起到武道場練習劍術。」

聽到「芮秋」，珠月的臉垮了下來，她真的很不擅長和芮秋往來。

「放心，反正理昂總是獨來獨往，就算消失個一、兩天也是正常的事。」

珠月點點頭，似乎安心了不少。

「那，差不多就是這樣。」福星嘆了口氣，然後對另外兩人深深地鞠躬，「造成妳們的麻煩，真的非常非常抱歉。我會努力幫忙找出解咒的方法的！」

珠月和妙春對看了一眼，然後走向福星，一人拉住他一邊的手。

「沒關係的。我們不在意。」珠月拍了拍福星的肩，「之前你也幫了我們很多。」

「有嗎？」福星自己聽了都覺得不可思議。「總覺得我搞砸很多事……」

「有嗎。」珠月反問。

福星抓了抓頭。「反正，我也沒幫大家做什麼事……」

珠月微笑，「你只要待在我們身邊，然後做你自己就夠了。」

「對啊，對啊。只要有福星在，就會有很多好玩的事。」妙春一副無憂無慮的樣子，

「我以前就很想當男生呢！」

福星不知道該回應什麼，只能不好意思地笑了笑，抓了抓頭，指尖卻被雜亂髮絲纏住。

「我幫你梳頭髮。」珠月走向福星的書桌，拿起梳子，接著兩人一前一後坐在床邊，珠月坐在福星背後，細心地幫他把糾結的髮尾梳開，接著梳順髮絲。

妙春趴在床上，雙手撐著頭，看著珠月熟稔的動作，忍不住笑出聲。

「看起來好奇怪喔。『理昂』竟然在幫別人梳頭耶！哈哈。」

福星想起莉雅。

或許，理昂在以前也曾幫莉雅這樣梳過頭吧。

「珠月，妳好溫柔。」妙春像孩子一樣，晃著腳，盯著珠月。

「謝謝。」

「和以前的紅葉姐姐好像，都好親切，像媽媽一樣溫柔賢慧。」

福星和珠月愣了愣。

「紅葉？」

「對呀。」

「呃，那她現在怎麼——」差這麼多？那狂浪豪放的態度，完全和賢慧扯不上邊。

「哎呀，人總是會改變的嘛……」妙春的眼神變得有些感慨，「不管願不願意。」

「喔嗯。」

「反正，我比較喜歡現在的紅葉。」妙春坐起身，用力地打抱不平，「以前的紅葉對人太好了，都不懂得為自己著想。」

珠月梳髮的手突然頓了一下，但立即繼續動作。

福星本想接著問「那是什麼原因導致她改變呢？」，但又覺得這似乎牽涉他人隱私，便噤聲不語。

妙春沉默了幾秒，突然抬頭望向珠月，「珠月，妳也在壓抑自己嗎？」

「我？」珠月挑了挑眉，目光始終看著雪白的髮絲，「怎麼會呢……」

「珠月會不會哪天和紅葉一樣突然爆發，然後變成完全不一樣的人啊，哈哈。」

珠月微笑，「現在已經變成完全不一樣的人啦。」

「說的也是。」妙春拍了拍肚子，「福星你沒吃晚餐嗎？我肚子有點餓。」

「那，等會兒一起去地下室的販賣部買點東西吃吧。」

「好！」

三個人和樂融融，暫時將靈魂錯體的事拋到腦後。

擁有翡翠身體的紅葉，和被封在洛柯羅軀體裡的翡翠，領著占領著丹絹身體的洛柯羅，回到寢室。

「我和丹絹同寢，接下來的日子，麻煩妳照顧洛柯羅了。」翡翠指了指正好奇打量丹絹櫃上物品的洛柯羅。

「這裡，真是驚人。」

公共區域的地板上擺了兩個矮櫃，裡頭放滿厚重的書籍。沙發、茶几被推到一旁，共用的大長桌上，也放滿了立起的資料夾。至於牆上，原本布滿靛藍色洛可可風紋飾的牆面，此時則被一張張寫滿公式、符紋、圖表的A4紙貼滿。

「丹絹說這樣有助於記憶。」

「很醜。」

「丹絹說，知識是最好的裝飾。」

紅葉轉頭，望向丹絹的床區，裡頭的狀況和客廳差不多。

「不要隨便動我的商品，其他東西妳可以自由使用。比較要注意的是公共區域。浴室要保持通風，地板不能弄得太潮濕，排水口如果有髮渣的話要清掉，浴缸裡最好也不要留下任何垢痕。

「至於客廳，那裡幾乎算是丹絹的地盤，看到任何感覺『很有學問』的東西，一律不要碰就是了。然後，寢室裡最好不要吃東西，不要留下任何食物的味道，不過這點可以忽略，只要別留下碎渣就好。」

「丹絹定的規定？」

「對。」

「你怎麼有辦法和這種傢伙住一起？」

「嗯哼，其實和他住也不錯啦，除了有點煩人、有點龜毛、有點自以為是。但不得不承認，他真的懂很多東西。」翡翠揚起嘴角，「這傢伙的經濟學和投資學確實有那麼兩下子。」

紅葉了然於心。啊，果然是奸商。

「三年級的課比較少，其他課程因為擔任副會長兼校代表的原因，所以師長們對於我的出缺席並不會要求得很嚴格。你如果不願意出現也無所謂。」在離開練習室時，希蘭簡要地向理昂交代。

「寶瓶座那邊呢？」

「如果要開會的話，會發送通知。這陣子沒有太多事，加上我被選上校代表，所以工作目前是由書記代理。」

理昂點點頭。

理昂和希蘭簡短地談完話後，返回宿舍。回到自己的寢室時，福星尚未回來。於是他逕自拿了些必要物品之後，便頭也不回地前往希蘭的房間。

男生宿舍最頂樓，寶瓶座正式幹部寢室區。

身為寶瓶座副會長，自然享有一些特權及優待，其中之一，便是單人寢室。

這讓理昂輕鬆不少，不用花心思去應付不熟悉的室友，這正合他意。他喜歡獨來獨往，夏洛姆的群體生活，老實說和他的個性並不相契。

躺在空蕩的房間裡，靜靜地閱讀著他的哲學名著。

少了那些時常來打擾、絮絮叨叨的雜音，他終於能安靜地品味一本好書……

但，不知為何，竟然覺得——

不習慣。

同樣獨自面對空房的，還有兩人。

洛柯羅由於人數恰巧不足，所以一個人睡，因此翡翠回到洛柯羅的房間後，便經過一個空蕩蕩的床區，然後進入洛柯羅靠窗的床區裡。

躺在床上，立即被寧靜包圍。

難怪洛柯羅老是愛來找他們聊天，總是遲遲不願回房休息。因為，待在這裡，真的太寂寞了。

另一方面。福星回到子夜的寢室時，裡頭空無一人。

子夜室友是火精靈，但是自開學以來，這名室友從未出現。

聽說，火精靈新生得知自己的室友是異變種之後，動用了種種關係，硬是跑去和身為寶瓶座幹部的表哥同住，把這個房間當成超大的置物間，用來擺放些平時用不到的東西。

福星走向浴室，準備梳洗就寢，洗手檯上的鏡面反射出蒼白而陰森的容顏。

異變種……福星嘆了口氣。

成為特殊生命體之後，他每天都過得很開心，彷彿進入夢幻王國的愛麗絲，每天生活在奇蹟與魔法的仙境中。

但是現在，他發現，即使是特殊生命體的世界，也存在著殘忍的一面。

Chapter05

即使不是自己的身體也要洗乾淨

SHALOM ACADEMY

星期五。十三號。

事發之後的隔天，不祥的日期，似乎預告著不祥的運勢。

星期五有兩門必修課，以及班級活動時間。

傍晚的基礎巫咒實作練習，二、三年級合上。北校代表們臉色都帶著點無奈的憔悴，除了布拉德看起來意外地神清氣爽，其他人看起來都顯得無力，還沒習慣新的身體，還沒熟悉新的角色，就被硬推上臺前，粉墨登場。

「北校那些傢伙看起來不太對勁。」南校的闇血族穆斯塔對著同伴低語。

「看起來相當疲累。」艾蜜莉嚴厲地審視著希蘭，「或許是在加強特訓吧。」

「珠月姐姐看起來也是很累的樣子。」海月伸長脖子觀看，「噢，她連頭髮都亂糟糟的呢。」

「看來她卯足了力在練習吶。」珠玉搖了搖頭，「但還是贏不了我們的。」

兩個雙胞胎在一旁咯咯竊笑。

白泉不自覺地望向紅葉，只見紅葉臉上掛著未曾看過的煩躁，牽著一臉恍惚的妙春。

然後，翡翠一臉從容地走來，開朗地向紅葉打了個招呼。不知道說了些什麼，只見紅葉露出惱怒的表情，低斥了幾聲，引來翡翠大笑。接著，翡翠盯了紅葉幾秒，皺起眉，把臉湊到紅葉面前，用力地凝視著對方，並且，伸出手撫向紅葉的臉。

這些互動看在白泉眼裡，讓他不自覺地握緊了拳。

「嘖嘖，不愧是狐狸精，勾搭男人的功力硬是了得。」瑪格麗語帶酸意地開口，「你的未婚妻真厲害吶。」

「她不是我的未婚妻。」白泉冷冷地回應，「身為淫夢妖，妳的魅力似乎對那風精靈起不了作用。」

瑪格麗不悅地嗤哼。

「別亂了陣腳。」萊諾爾冷聲提醒，「干擾敵方軍心是我們的策略之一，別反而被他們影響了。」

「是……」

實作練習室的另一隅，北校代表們聚在一起，面色沉重。

擁有紅葉外表的丹絹，牽著擁有子夜靈魂的妙春。他很不悅，非常不悅。

不僅是這身打扮讓他不悅，牽著這彷佛失智老人的小鬼頭令他不悅，最讓他不悅的，就是那群不斷前來向他——正確來說是向紅葉搭訕的人！

當他吃早餐時，好幾個學生，包括新生、同級生到學長，不斷地試著向他展現「健壯的肌肉」，或是莫名其妙的幽默感，以及詭異至極的告白。

「雖然獸族的體力本身就超乎其他物種，但我仍有健身的習慣，追求肉體卓越的極致。」某位豹族獸人將襯衫的釦子解到肚臍上方，露出那虬結緊繃的上半身。「想摸摸看嗎？」

「不用了。」吃飯時請把那令人倒胃口的東西收起來！

「我以為外頭最熱。」某位水精靈擅自拉開紅葉身旁的位置坐了下來，「沒想到，這裡才真正令我熱血沸騰，連心都要融化了吶……」

丹絹乾笑了兩聲。「你多保重。」

「我家在愛爾蘭有棟別墅，那裡風景好，氣候也不錯。」闇血族學長撐著頭，逕自沉浸在幻想中，勾勒著未來的藍圖，「那裡很適合孩子成長，妳認為生幾個比較好？」

「我認為你需要被化學閹割。」丹絹用力地放下碗，端起餐盤，走人。

真是夠了，這女人怎麼有辦法應付那些蠢貨？

「嘿，你看起來真糟啊。」相較於丹絹的狼狽，占用翡翠身軀的紅葉，顯得清閒到如魚得水。「沒想到C班的優等生也有無法掌控的事。」

丹絹瞪向紅葉，「住口！還不是妳平時行為不檢點，和這麼多人搞曖昧！」

紅葉伸出食指晃了晃，「呵呵，那你就錯了，那些人我一個都不認識。」接著，以帶著點自嘲的口吻輕語，「別因為招來了蜂與蝶，就責怪花兒賣弄它們的美啊……」

雖是以翡翠的外表開口，但是那神情是未曾見過的哀愁。

一瞬間，丹絹的心竟產生了細微的不忍，這樣的情緒讓他感覺不自在，並且惱怒。

「但我看妳挺樂在其中的吧。」丹絹語帶尖酸，有種刻意的惡意，「難怪妳的未婚夫想離開。」

紅葉臉色一凜，但立即回復成笑容，不甘示弱地反諷，「話說回來，如果你不是翡翠的室友，不是因為翡翠而認識了福星，理直氣壯地混進了他們的圈子，有任何人想理你嗎？」

「妳說什麼！」丹絹怒目相向。

激怒丹絹的紅葉，看著對方的怒顏露出勝利的笑容，但立即僵住，惡狠狠地用力盯著丹絹的臉龐。

「看什麼看，妳——」咒罵話語被打斷，小巧的下巴被有著修長指頭的大掌給揪住。

「這黑眼圈是怎麼回事！」紅葉瞪著自己的臉，厲聲質問，「為什麼肌膚這麼黯沉！T字部位泛油泛得這麼嚴重！」她美麗的臉蛋啊！竟然有了這該死的瑕疵！

「什、什麼？」

紅葉瞇起眼，陰聲審問，「你昨天沒有用卸妝油就直接洗臉了，對吧？晚上也沒有擦眼霜和敷鎮定面膜，早上起床洗完臉沒擦隔離就直接打粉了，是不是?!」

「呃！」丹絹錯愕，這女人是在房裡裝了監視器嗎！

紅葉一邊嘖聲，一邊將頭湊近，心疼地檢視著自己的臉，「我美麗的肌膚啊……」

溫熱的氣息噴在丹絹的臉上。雖然眼前的人是翡翠，但是一時之間丹絹的目光卻不知該放在哪裡，有種莫名其妙、並且陌生的局促與窘迫。

兩人的動作看在他人眼裡，充滿了曖昧的暗示。

看在南校的「某些」人眼中，更是具有挑釁意味，深深地燃起了心中的怒火。

「放開，蠢女人！」

「你連蠢女人都照顧不好！」紅葉嗅了嗅，接著瞪大了眼，露出不可置信的表情，「你昨天沒洗澡?!」

「昨天已經很晚了，又發生那麼多事，我——」

「你沒洗澡？你真的沒洗?!」紅葉簡直抓狂，「這個身體可不只是你的！」

紅葉的發言引起了周遭的低語，流言與八卦像落入蟻窩的糖，吸引著眾人的注意。

「妳小聲一點！」丹絹趕緊斥喝。忽地，一道頎長的身影出現，擋在他面前。

「不好意思，紅葉。」白泉雙手環胸，不著痕跡地介入了兩人之中，分開了握在「紅葉」臉上的那隻手。「好久不見，方便為我介紹一下妳的隊友嗎？」帶著敵意的目光，毫不掩藏地射向「翡翠」。

「是啊，翡翠。」尾隨而來的瑪格麗一副理所當然的模樣，勾住了「翡翠」的手臂，瞥了「紅葉」一眼，千嬌百媚地輕喃，「和我分開之後，品味也變差了？」

紅葉嫌惡地將手甩離那豐腴的胸口，「和妳在一起才是毫無品味可言。」臭三八！

「你說什麼！」瑪格麗勃然，既驚又怒。她認識的翡翠就算對她再不滿也未曾以這樣的言語相向。

「走了走了，該集合了。」紅葉逕自拉起丹絹的手，刻意望向白泉，藉著「翡翠」的口，笑著宣示，「她現在，不屬於你了。」

語畢，不給南校二人有任何追問的時間，頭也不回地步向北校陣營。

二、三年級的學生們分散在偌大的空間裡，北校選手身為注目的焦點，但卻低調地聚在最不顯眼的角落。

扮演著翡翠的紅葉，以及附在希蘭身上的理昂、附在洛柯羅身上的翡翠、附在丹絹身上的洛柯羅，還有附在福星身上的妙春，看起來一派從容，並未受到太大的影響。至於待在理昂體內的珠月，以及待在小花體內的希蘭，看起來則是帶了明顯不適應的疲累。

和珠月換體的布拉德，和紅葉換體的丹絹，兩人憔悴了不少，看起來精神壓力極大，受盡折磨。相較之下，附在布拉德身上的小花，顯得異常地精神抖擻，興致高昂。

至於妙春，裝了子夜的靈魂後，看起來變得呆滯而恍惚。

大家彼此對望，看著自己的軀體，同時長嘆了聲。

「各位，昨晚過得還好嗎？」希蘭率先詢問。

「爛透了。」丹絹抱怨。

「我沒差。」翡翠聳肩，「反正我和洛柯羅很熟，又都是男的，沒啥影響。」

「怎麼不提一下你利用洛柯羅的外表，騙了一票無知學妹買你的黑心商品。滿額禮是擁抱三十秒，會不會太寒酸？」小花說。

「真的嗎？」洛柯羅驚訝地詢問。

「只是稍微物盡其用罷了。我自有分寸！」翡翠瞥了小花一眼，「是誰昨天裸體在鏡前搔首弄姿，還自拍了一堆照片？」哼！他的小道消息也是很靈通的！

布拉德錯愕地望向小花，讓珠月那原本就蒼白消瘦的臉蛋看起來更加憔悴。小花瞪了翡翠一眼，悻悻然地嘀咕了幾句。

「丹絹也很過分！你們知道嗎，他竟然沒洗澡！太可惡了！」紅葉不落人後地跟著開砲。

一時間，數個人臉上同時浮起尷尬的表情，說明他們也做了同樣「可惡」的事。

布拉德一臉複雜地看向珠月，他最喜歡的人，此時卻待在自己的死對頭身體裡。

「抱歉……」雖知道對方體內的是珠月，但是要對「理昂」開口致歉，心裡還是充滿掙扎，「我覺得隨意觸碰淑女的身體很不禮貌，所以我就……」

珠月揚起一貫的笑容，出現在理昂臉上讓人有種怪異的感覺。「不用在意那麼多，畢竟現在是非常時期，為了你自身的舒適，就隨意沐浴清洗吧。集訓後不能好好沖個澡休息，是件很難受的事。」

布拉德鬆了口氣，感激地道謝，並再三聲明，「我會蒙著眼進行的！」

「我有洗我有洗！」妙春笑著舉手。「我和福星還有珠月一起洗的！」

眾人的眼光聚在珠月身上，讓她有些不好意思地開口解釋。

「因為他們兩個好像不太習慣，子夜的頭髮打結得很嚴重，妙春又搞不清楚狀況，所以我想說乾脆一起，順便幫大家處理……呃，這是我之前照顧弟妹已經習慣了，所以對男性的下體——呃、不是，我的意思是，反正，大家看起來都和小朋友差不多，不會讓我尷尬——呃！也不是這樣！我沒有貶低你們的意思！——」珠月努力解釋，但是越描越黑。

不知為何，理昂的表情看起來有種略受打擊的感覺。

希蘭輕咳了聲拉回大家的注意，接著開始報告正事。「我回去查了文獻，靈魂錯體的事件在典籍裡曾經被記載過。」

希蘭回憶著泡在圖書館一整個白天所查得的相關線索，「扣除掉來源可議的鄉野奇譚，正史和官方檔案裡的記載非常少，並且——」希蘭停頓了一秒，「全是登錄在禁忌文書和極密檔案裡。是不能被公開討論、甚至實行的祕咒。」

「為什麼？」

「靈魂互換曾被利用來操弄歷史發展，有幾起重大戰爭便是靈魂互換所導致。比方說十字軍東征，那時便是為了轉移人類注意以及分散淨世法庭的勢力，讓他們離開歐陸，減緩對特殊生命體的迫害及搜捕而產生的。」

「那這個咒語是怎麼運行的？有辦法破解嗎？」

「憑著寶瓶座副會長的密碼和金徽，也只能找到這些而已。交換靈魂是種極高深並且高風險的上級咒語，除了高強的御咒力之外，更需要強大的異能力配合……」

「那，為什麼福星施得出來？」

感覺像是兒戲一般，帶著點愚蠢的目的，莫名其妙地就一口氣讓十二個靈魂錯位？

「這我就不清楚了……」

「你確定沒弄錯？」

「或許真的只是巧合……只是一場誇張荒謬的意外……」

「是巧合，也不是巧合。」

一直自顧自地玩著背包上的流蘇墜飾的子夜，操著妙春童稚的嗓音，忽地喃喃低語。

「一開始是，但後來也不是，雖然不是，但實際上也算是……」平時那雙靈動的眼眸此時變得空洞而滯濁。

目光集中向子夜，「子夜，你知道什麼嗎？」

「什麼都知道，什麼都不知道。」子夜抬頭，「我看到一些東西，但是現在這個身體用不習慣……」話語停頓，沉默了幾秒，「這是，橫跨兩個境界，立於線上，站在天平中央的族裔做的。我是，這個身體也是，闖禍的那個傢伙也是。」

子夜含糊晦澀的話讓人一頭霧水，只有紅葉的表情微微一凜，倏忽即逝，無人察覺。

「什麼意思——」

「現在開始分散練習！」

教授揚聲宣告響起，北校代表一行人才發現課程早已進行到尾聲，步入實作時間，本想在原地繼續討論，但來自南方的不久前才被激怒的校代表們，來勢洶洶地步向他們。

「好久不見，布拉德。」萊諾爾走向「布拉德」，雖是寒暄，但是語氣帶著挑釁及輕視，「家裡還好嗎？」

「嗯，還不賴。」小花隨口回應。不是同一家人，幹嘛這麼問？

「每到放假就回家的人只有你……」萊諾爾邊笑邊搖頭，「動不動就和母親姐妹那群女眷混在一起，毫無志氣，來到北校似乎沒能讓你有什麼成長。」

「嗯。」面對萊諾爾的挑釁，小花漠然回應。

一來是因為她並不是布拉德；二來，她很清楚父權主義的大家族是什麼狀況。封建、專制，並且——有著幼稚的殘忍。

小花專心地打量眼前的人。萊諾爾長得和布拉德很像，深邃的眼神中帶有深層的肅殺之氣，身材比布拉德高壯了些，感覺更具威脅性……看那結實的肌肉線條，真是令人愉悅，不過，她不會心動，畢竟昨天晚上，她已經好好地「充電」過了。

布拉德的身軀任她欣賞，各種角度和姿勢都拍了不少好照，獲益匪淺！再怎麼看，還是她的布拉德最讚啦！她忍不住揚起笑容。

可小花的微笑被解釋成挑釁，令萊諾爾動怒。

「看來北校教會了你叛逆。」萊諾爾弓起手指，指頭部分形化成銳利的狼爪。

小花挑眉，部分形化是高段的變身技巧，形化的部分越細小、越局部，越難操控。看來這傢伙確實有兩下子，難怪這麼囂張。不過呢……

「讓我來重新教導你規矩吧。和小時候一樣！」萊諾爾暴衝向前，同時揮動指爪。

小花站在原地不動，閉上眼，然後睜開，雙眼變成野獸的眼眸，動態視力瞬間增強數倍，在千鈞一髮之際，閃開了攻擊。

輕蔑的笑容自嘴角勾起，她得意地望向萊諾爾。和她比起來，差得遠了！

妖化的初代精怪，每個都是從有如地獄的試煉裡掙脫，接受過一般次生代不曾體驗過的磨練，實力和能力自然遠超過一般水平。

萊諾爾微愕，對於布拉德的能力感到訝然，但隨即揚起讚賞的笑容。

不錯嘛，看來這小子還是有所成長……

這才算是阿爾伯特家的一分子，這才算是他的弟弟！

萊諾爾接連地使出連續攻擊，小花不甘示弱地回敬，一場激烈的格鬥由此展開。

不久前才被白泉與瑪格麗糾纏的紅葉與丹絹，此時再度被纏上，爭吵不休。

至於占領著丹絹身軀的洛柯羅，此時也正被護戎一臉凶惡地逼迫著。

「雖然知道來北校會遇到你，但沒想到會是這種場面。」護戎挑眉，眉頭上的金屬環相當顯眼，「連你也被選為校代表，我看北校也不過爾爾……」

洛柯羅嚴肅地盯著護戎的眼，不發一語。

「唷，不錯嘛，敢直視我了……」護戎笑著邊說邊走近，挑釁地把手搭上「丹絹」的肩。「已經不會做惡夢了嗎？」

「嗯？」

護戎將頭湊向丹絹，企圖從對方眼底逼出恐懼的神色，咧嘴，舌上的銅珠閃著慘淡的光芒，「和我們一起『玩耍』的惡夢……」

「你……」洛柯羅回望著對方的目光，模仿護戎的語氣，認真開口，「你眉毛和舌頭上的環，是自己打的嗎？」

護戎愣愣。

「我……可以摸嗎？」不等對方回答，逕自將手指伸到對方嘴裡，放肆地拉出舌頭。

「摳不下來耶！」洛柯羅驚奇地開口。

「呸！」護戎狼狽地吐出口中的入侵物。「丹絹」的反應全然超出他的預想，他既驚且怒，「該死的東西！看來得給你些教訓！」

護戎伸手就是一記又狠又重的直拳往「丹絹」揮去。

「砰！」拳頭在距離洛柯羅五公分處驟止，正確來說，是打在一道看不見的保護屏障上。

堅如磐石的屏障，讓護戎疼得臉色發白，咬牙收回拳頭，「卑鄙小人！」

洛柯羅狐疑地側頭，「實作課程進行時要張開防禦結界，你不知道嗎？」

這是上第一堂課時，教授對所有學生的提醒，但是真正照做的只有洛柯羅一人，因為維持防護屏會耗費多餘的異能力，況且要持續防禦結界狀況是非常困難的事。

護戎持續對洛柯羅發動攻擊，洛柯羅閃也不閃，任由對方使出各種招式，而保護罩安然無損，到最後洛柯羅索性坐下，悠哉地看著護戎「表演」。

另一方面，「理昂」也面對了兩個同族的「關切」。

「陪我們練練吧。」凱爾的手搭在穆斯塔肩上，兩人看似隨性，但卻以帶著攻擊性的目光瞪視著「理昂」。「讓我們見識見識號稱『闇之爪』的夏格維斯家族的能耐，如何？」

珠月顯得頗不知所措，望向此時扮演「希蘭」的理昂，但對方此時似乎也自顧不暇。

風精靈艾蜜莉的周遭旋起帶著嫩綠光芒的氣流，蓄勢待發地瞪著「希蘭」。

艾蜜莉的眼中充滿了惱怒與不服輸，「為何不張開風壁？瞧不起我嗎？」

理昂淡淡地瞥向小花體內的希蘭，一整個「這是怎樣？」的質問眼神。

希蘭揚起歉疚的苦笑，以唇語回答：私人恩怨，家族紛爭……

「我在和你說話，請正視我。難道連基本的禮儀都拋棄了？」艾蜜莉揚聲，「大長老們看見你的墮落，不知作何感想——」

艾蜜莉的數落驟止。因為臉上總是掛著溫文笑容的希蘭，此刻的表情竟冷厲到令人打顫。

「講完了嗎？」理昂冷聲詢問，「見了面就聒噪不休、大放厥詞，是誰不懂禮儀？」

「希蘭」陌生的態度，讓艾蜜莉愣愣。

「你……」怎麼回事？她認識的希蘭不會這麼冰冷，更不會這樣對她說話……「強辯！」

理昂冷笑，「大長老看見妳的墮落，不知作何感想。」

他刻意以艾蜜莉說過的話回諷。雖然他不了解希蘭家族的狀況，更不知道「大長老」是誰，但他從艾蜜莉的話語裡知道她很在意這些事。

夏格維斯是個龐大的家族。抓住他人弱點，並且狠狠蹂躪攻擊，以樹立地位權威，是在這樣的大家族生存的基本功。

這話果然激怒了艾蜜莉。原本飄在她身旁輕盈流轉的嫩綠色氣流，頓時轉成有如濃夜般的墨綠，化成兩道扁而尖的風刃，向理昂射去。

理昂輕輕躍開，閃過攻擊。

「理——呃，希蘭，小心點！」希蘭知道艾蜜莉的好勝個性，擔心對方出手不知輕重，趕緊出聲提醒，只是這樣喊著自己的名字，感覺不太自然。

理昂回以輕鬆的笑容。他雖不懂得風精靈的能力，不會馭風，但是實戰經驗絕對比眼前這不知天高地厚的女人豐富。

理昂俐落而快速地躍起，在空中一翻身，順勢抽出掛在牆面上的裝飾用西洋劍，落地後一個旋身，抓住艾蜜莉的防禦死角，將長劍刺去——

艾蜜莉瞪大了眼，不可置信，既驚訝，又有著說不出的難過。

希蘭，為什麼？

「住手——」希蘭衝向前，準備制止理昂，但小花的身體比原本的自己嬌小太多，無法如預期地在第一時間抵達他的目標。

幸好，劍鋒在艾蜜莉頸前約兩吋的位置停下。

理昂淡然開口，「我知道分寸。」這話，是對希蘭說的。

艾蜜莉和「希蘭」的決鬥，暫時吸引了其他人的注意，趁著這個時刻，珠月趕緊偷偷移動到另一個角落，躲開凱爾等人的逼問。

「珠月姐姐！」

熟悉的天真嗓音響起，珠月下意識地回頭，只見雙胞胎二人組珠玉及海月兩人，正團團圍著「自己」。

布拉德似乎相當困窘，讓「珠月」臉上露出了明顯尷尬的表情，不知所措。

「妳昨天跑去哪裡了？我們找好久都找不到妳！」

「昨天的晚餐好難吃，害我們好想吃珠月姐姐煮的飯。」

「我昨天有事在忙。」布拉德小心審慎地回答，避免自己露出破綻。

這兩人長得和珠月很像，果然是姐弟……看著這兩個和珠月有著相似面孔的少年，布拉德一時間有種同時被兩個珠月包圍的感覺。

兩個珠月……被兩個珠月包圍……一想到這，臉莫名地漲紅了起來。

「我們本想直接進女宿等妳的，但是舍監不讓我們進去，真討厭！」

「那個狼族的橘皮跛腳老肥婆囉嗦死了。北校的規定怎麼這麼多！麻煩！」

「落魄到跑來學校當舍監，真是喪家犬。」

聞言，布拉德的臉色立即沉下。

女宿的舍監荷麗．約瑟夫，是阿爾伯特家族在法國亞維農的遠親，也是約瑟夫一家僅存的成員。其餘的約瑟夫族人在一百七十年前一場與白三角的戰爭中壯烈犧牲，而她的右腳也是在那時失去的。

說著傷人話語的雙胞胎，讓布拉德深感不悅。

外表和珠月相似，但是內在差得遠了。布拉德暗忖。

「珠月姐姐不高興嗎？」發現珠月的表情變化，珠玉驚訝地開口，「妳生氣了？」

「該不會又要搬出那些老掉牙的理論了吧……」海月翻了翻白眼，表示厭惡。「什麼『要多替別人著想』、『說話別太苛刻』──聽了就煩！」

「為什麼要想這麼多！我們講的是事實啊！」

「抱歉，他們說話比較直，你別在意……」珠月知道布拉德和荷麗是遠親，趕緊出面道歉，忘了自己此刻是理昂的身分。

珠玉和海月一臉困惑，瞪著理昂，「干你什麼事？我們和你很熟嗎，闇血族。」

布拉德壓抑住握起拳頭往那兩個小鬼頭上掄的衝動，咬牙，揚起嘴角，努力模仿珠月平時溫和的笑靨。

「別這麼說……」笑彎的眼簾半垂，嘴角微揚十五度，稍稍露出一點上排的貝齒，頭略傾向右邊。標準的珠月式笑臉、珠月式語調，看在旁人眼裡是習以為常，但是看在北校代表眼中，卻造成眾人愣愣。

「珠、珠月？」她回到自己的身體裡了？

「有什麼事？」布拉德熟練地回首，擺動肩膀時，略略甩起烏亮的髮尾，和平時的珠月一模一樣。

「呃，嗯，你看起來，好像已經從昨晚的練習中復原了……」翡翠斟酌字句，拐著彎詢問。

「可惜，還沒。」秀眉微蹙，但嘴角仍是上揚的，標準的珠月式苦笑。

了解狀況後，北校代表同時在心中暗忖。太神奇了，沒想到布拉德竟然這麼有演戲的天分。

事實上，布拉德只會扮演珠月，因為珠月的一舉一動、一顰一笑，早就深深印在他的腦中。

「少囉嗦這麼多！」珠玉手中升起一道迴旋翻騰的水柱，「直接上吧！」

水柱直往「珠月」的位置打去，布拉德敏捷地閃避。

「還有我喔！」海月躍起，雙手握住高舉，接著用力向前揮，憑空舞出一道水鞭。

布拉德再度閃避，但心中忍不住嘀咕。

即使是模擬戰鬥，對自己的親姐姐這樣，未免也太過分，簡直像在欺負人。

面對兩人的攻擊，布拉德只是閃躲，畢竟對方是珠月的手足，他不好意思出手。

「住手！」一旁的珠月大喊。

「夏格維斯家的闇之爪何時關心起他人了？」凱爾嗤笑。「她是你的女人？」

「不是——」珠月澄清，擔心自己會給理昂造成不必要的流言。「我和她不是這種關係！」

穆斯塔淺笑，「在自己的女人面前失敗，可是件丟臉的事吶。」語畢抽出長劍，猛地朝珠月攻擊。

珠月不得已，只能退避。其他隊友想出手幫助，卻同時被南校的選手給絆住。

凱爾和穆斯塔兩人不斷逼近，長劍和雙刀刀刃冰冷的鋒芒，在空中閃爍出白色光亮，雖然兩人的攻擊凌厲，但珠月總是能一一閃躲化解，鋒刃總是只差毫釐之間便落空。

一旁不明所以的觀看者看得心驚膽跳，同時也對理昂的身手感到讚賞。

「理昂怎麼不還手？」北校的學生們，熱烈地討論著。

「大概是怕真的出手會傷到對方吧。南校代表來者是客，總不好意思傷人。」

「原來如此。」

旁人的耳語，傳到凱爾和穆斯塔耳中，讓兩人惱怒。

「怎麼，夏格維斯家的接班人竟是只會逃避的懦夫？」凱爾出言挑釁，但心中卻對自己無法傷到對方一絲一毫感到惱怒。

「不是的……」珠月旋身，躲開凱爾的直擊。

「那就拿出真本事！」凱爾趁「理昂」旋身時的視覺死角，拋出手中的片刃。

珠月看見刀刃向自己迴旋射來，但是一時間來不及做出任何防禦，只能舉起手臂擋在自己身前，準備硬接下這波攻擊。

「鏗！」金屬撞擊聲響起。

白鐵製的短刀中途被古銅製的笨重燭臺擊中，彈向空中。

扔出燭臺的，是正被雙胞胎夾擊的「珠月」，趁著空檔，抄起牆邊裝飾的燭臺，阻止了這場血光之災。

「珠月姐姐，不專心！」海月不滿地大叫。

「砰！」另一聲撞擊音再度抓住了大家的注意。

被打向空中、尚未落地的刀刃，被另一枚物體擊中，射向凱爾和穆斯塔頂上的燈，吊燈的連接鍊被切斷，整座燈具向下墜落。

「該死！」凱爾和穆斯塔趕緊閃避。

「轟！」燈具砸落，濺射出大量的碎片，激起一片塵埃飛揚，同時，也打斷了所有進行中的戰鬥。

「搞什麼鬼！」歌羅德怒吼，暴衝到現場，瞪著一片狼藉勃然斥責，「誰准你們破壞校園公物了！你們這群蠢蛋死小鬼！」

「反正這裡本來就很破舊了……」珠玉喃喃反駁。

歌羅德冷眼掃向珠玉，「有什麼問題？」

珠玉乖乖閉嘴。

「不要以為你們是學園祭的代表就可以胡作非為！自私妄為、目無法紀的傢伙，連個屁都不是！」歌羅德厲聲訓斥，「兩校代表全都留下來清理場地！」

「為什麼我們得做這些事？」穆斯塔不滿地抱怨。不過是個人類的巫妖，憑什麼指使他們。

「我等一下還有事要做呢。」瑪格麗跟著開口。

「更正。」歌羅德看也不看兩人，「南校代表留下清理場地，其餘就地解散！」語畢，回首，昂然走向大門。

凱爾嚥不下這口氣，大喊，「你這下妖別太過分——唔！」

一陣椎刺般的疼痛刺向心臟，痛得他不支跪下。

南校的其餘伙伴趕緊圍上關切，只見凱爾胸口附近的血管凸起，浮現出猙獰的紫紅色網狀紋路。

「注意你的措詞。」歌羅德停下腳步，冷冷地回頭瞥了對方一記，「除非你想嘗試心臟爆裂的感覺，闇血族。」

在場的人噤聲不語，在歌羅德離去之後幾秒，紛紛散去。

北校代表們早就趁著騷動離開現場，免得和南校代表再次起衝突。

當兩校代表在共同教室爆發衝突的同時，校園的另一角，新生們正一同上著人類社會學概論課。附身在子夜身上的福星，茫然地坐在人群當中，看著其他人三三兩兩地聚在一起熱烈討論，自己卻孤單地坐在原位。

這門課是他最拿手的，派利斯教授對他稱讚有加，但此時卻毫無發揮的餘地。

「怎麼不和同學討論呢？」派利斯前來詢問。

「我找不到組員。」福星無辜地回答。

「這樣啊……」派利斯尷尬地笑了笑，福星從他的眼中看到了無奈與憐憫，以及些許的畏懼。「那你就自己一組吧，沒關係的，這不會影響評分。」

福星點點頭，安靜地盯著課本。

他的位置在教室的正中央，但是，卻仍舊像不存在一樣。

方才他試過和周遭的人搭話，試著釋出善意，但得到的回應只有兩種：驚恐的婉拒，以及厭惡的斥退。

看來變異的「混血種」，在大家眼中真的代表著不祥……

子夜的個性是這樣才產生的嗎？他沒有任何朋友嗎？他是面對著這些眼神一路活過來的嗎？這樣子……未免太寂寞了。

福星忍不住為子夜感到悲傷，同時也不免慶幸──

幸好我不是變異體，幸好，大家不知道我是混生種。

「啪！」一個硬物忽地打上自己的背，福星回頭，只見羽泰正一臉冷笑。

這人，印象中和子夜是同一個部族的。是朋友嗎？

「你還是老樣子。」羽泰既厭惡又輕蔑地開口，「本以為可以避開你的，沒想到還是碰面了。」

「嗯。」看來不是朋友……

羽泰打量了「子夜」一番，「看來你終於進化到懂得整理外觀了，看起來不那麼像垃圾。」

「嗯。」

「沒人和你一組嗎？」

「嗯。」好煩，不要靠近他……

「這也難怪，看看你自己的德行。」羽泰哼了聲，「誰會想和你這種怪胎在一起。」

「嗯……」

怪胎。這個字眼，勾起了福星的某些回憶。

他張望四周，同儕們忽視排擠的目光，讓他感到熟悉。

既視感。

他彷彿回到了國一時，休學半年後回到班上的場景。他和班上的同學互不認識，其他人早已彼此熟識，自成一個團體，各自擁有朋友圈，只有他，孤單一人。

身體虛弱所享有的一些特權，看在某些同學眼裡令人不快，更讓他格格不入，成為團體中的邊緣人。他最討厭有分組活動的課，因為他總是找不到組員，是剩下來的，被拿去湊人數的那個。

雖沒有遇到過分的欺凌或惡整，但那嫌惡的眼神和忽視的態度，就已經夠傷人了。

怪胎。

那時候，大家是這麼叫他的。

負面情緒像浪潮一樣覆上心頭，胸口塞滿了難以忍受的苦澀。

好難受……

「怎麼，不高興？」

好難受……

羽泰的話語他聽不進耳裡，只覺得胸口的脹悶越來越清晰，越來越具體，彷彿要吞噬掉他的意識和思緒一般——

地面，開始顫動，先是細微的震盪，逐漸轉為明顯的搖動。

教室裡的師生發現了異狀，隱隱騷動。

視線有些模糊，雖然進入子夜的身軀後，一直覺得眼前常會被不明的白霧阻擋，但此刻模糊得特別嚴重，彷彿被雨淋濕的玻璃一般。但是，雖然模糊不清，卻有種焦距逐漸調整到正確頻率的感覺。

福星坐在位置上，雙手支撐著頭，地面晃動得更加嚴重，騷動與不安隨之上升。

「嘖嘖，真是令人費心的傢伙。」

熟悉的聲音響起，不是從周邊的環境傳來，倒像是直接從腦中響起。

這聲音是……

「時間還沒到。」

聲音帶有魔力，穩定了他心中的翻騰，撫平了痛苦。

地鳴逐漸平息，震動漸漸消退，教室中的騷動與不安也隨之止息。

「你會比這個變異體更強的……」

福星抬起頭，眼前的景色清晰呈現。

教室裡所有的隱形咒術、結界，一覽無遺地展現在面前，空中、牆上布滿了大大小小、新的、舊的等施過咒的痕跡。

然後，空中浮著一個熟悉的臉孔。黑髮的清秀少年，他認得，但是此刻卻想不起來有關對方的任何事。

最重要的是，少年的臉上，有另一件東西吸引了他所有的注意力。

渾身散著淡淡金光的少年，額頭中央凸出了一個尖角——

斷了一半的角。

但，下一秒，這個畫面隨即在腦中被早已埋下的咒語給抹去。

福星眨了眨眼，有種如夢初醒的感覺，看著周遭的人熱切地討論方才的地震，自己只能默默地低下頭，繼續看著課本上相同的一頁。

Chapter06

宿敵就像痔瘡，動不動就發作，
搞得人坐立難安

教室內回復平靜，眾人將方才的震動當成是異空間內的暫時性波動異常，理所當然地將之忽略，繼續進行課程。

唯一知道發生了什麼事，也是平定震盪的人，正悠閒地坐在窗邊，一如往常地觀察著他的「王將」。

悠猊望著附身於子夜的福星，滿意地揚起笑容。

方才的震動，是異能力失控所導致的空間撞擊，如果放任下去，支撐著整個夏洛姆存在於異空間裡的結界禁咒將會崩毀，夏洛姆也會毫無防備地具現在真實世界的任何一個角落裡。

身為變異體的子夜，肉體具有強大的能量，但是與福星的靈魂波長並不吻合，因此發生了失控的狀況。

悠猊搔了搔下巴，沉思各種發展的可能性。

子夜似乎擁有特殊的力量，雖然知道發動起來不可小覷，但究竟是什麼樣的能力、如何運作，這點仍是未知。

他總覺得子夜似乎知道了某些東西，某些不應該知道的東西……

眼神倏然轉陰，宛如地獄幽冥之火一般焦灼。

如果會影響到他的計畫，那麼，也只好將這絆腳石給剔除——

窗內再度傳來一陣小騷動，吸引了悠猊的注意，目光瞟向教室內，只見一名負責傳令的布朗尼出現在講臺前，遞了個令文給派利斯教授。

悠猊挑眉。他認出那紙卷上繫著象徵一級事件的紅蠟繩，那是關係到學園運作，或是特殊生命體世界的緊急文書。

派利斯匆匆打開附有限定受文者結界的文書，瀏覽，臉色驟變。

「接下來小組討論，下回繳交這堂課的作業。我先告退。」語畢，握著紙卷，以最快速度前往公文上的指定地點。

悠猊淺笑起身，拍了拍身上的塵土，好整以暇地看著派利斯的背影，馭著風輕盈地尾隨在後。

又有好戲可看了……

和南校代表在異能力實作課發生衝突，趁亂逃離現場的北校選手們，走在返回宿舍的路上，低聲交談著。

「妳還好嗎？」布拉德關切地詢問珠月，「那些該死的闇血族有沒有傷到妳——呃……嗯……」脫口而出的話語，卻忘了考量到珠月此時待著的身體，就是「該死的闇血族」。

「我沒事。」珠月微笑。

看著「理昂」的笑容，布拉德覺得五味雜陳。

雖然知道理昂體內的是珠月，但是看著那張臉，感覺就是很——

啊啊！煩死了！快點換回原本的身體吧！

「妳的防禦技能不錯。」理昂忽地開口，「凱爾和穆斯塔分別是長兵器與短兵器的高手，能從兩方夾擊下全身而退，不是容易的事。」

眾人微愕。理昂在稱讚人？

事實上在此之前，理昂一直以為珠月是柔弱的治癒型人物，認為對方是毫無戰鬥能力的弱者，遂有點輕視珠月，可今日看見珠月的身手，對自己往常的刻板印象感到慚愧。

「噢，謝謝……」

「為什麼不攻擊？我相信妳有很多次機會可以抓到對方的破綻，為何不出手？」

「這個嘛，習慣吧。」珠月無奈地苦笑，「怕傷了對方，所以只顧著躲，不打算出手。」畢竟，以往和自己練習的對象都是傷不得的人，都是家人。

她可是大姐，怎麼能真的對弟妹們動手呢？不管對方的動作多麼過分、多麼危險。小孩子不懂分寸，但被責備的總是大人，所以她只能躲，只能忍……

「最後那一刀如果不是布拉德幫妳擋下，妳早就躺在醫療中心了。」紅葉幫腔，「不過，把刀子射向吊燈的是誰？」

理昂不語，表示與自己無關。

布拉德則聳肩，「不知道，對方出手太快，根本沒注意到是誰。有那樣的身手，或許是教授吧？」

小花輕咳了一聲，「不好意思，就是在下。」

眾人目光集中在小花身上，驚訝之中帶了點狐疑。

「別以為我只會搜集情報。況且，知道的事越多，也會帶來等價的風險。」小花勾起殘酷的笑容，「讓一個人屈服，除了祕密，適度的暴力是必要的。」

「還要講多久？能不能快點去吃晚餐？」一旁等到不耐煩的洛柯羅忍不住出聲。

「說到這個。」丹絹用力地盯著洛柯羅，上下打量，「護戎的攻擊力可不小，要維持住那樣的防護屏不是件容易的事，而你竟然有辦法支撐結界這麼久！」

「這不是本來就要遵守的規定嗎？」洛柯羅不解地反問，「教授第一堂上課時，不是規定實作課要張開防護屏？」

「你的意思是，你每次上課都會張開防禦結界？」

洛柯羅吶吶地回答，「我以為不照做會扣分，我不想放假還得要補作業。」

眾人沉默，彼此互相打量著同伴。

看來，他們的伙伴比預想中來得強悍多了……

大家心照不宣地想著。

「叮！」細小的金屬共鳴聲響起。

循向聲源，來自「希蘭」左手手指上的金戒。此時，指環發出紫紅色的微光。

理昂不解地望向希蘭。

「這是臨時會議的召集令，通常只有鈴聲。亮起紅光，代表的是緊急會議，」希蘭神色嚴肅地看著指環，緩緩地開口，「影響到學園運作或是特殊生命體安危的S級狀況。」

其他人面面相覷，猜想著在這學園祭的節骨眼上，會發生什麼樣的重大事件。

理昂沒多大的反應，公事公辦的口吻，「我現在該怎麼做？」

「到主堡的中央會議廳集合。」希蘭走向理昂，「麻煩把左手給我。」

理昂停頓了一秒，照做。

希蘭伸出右手，將理昂右手小指上的指環靠上對方的指環，低吟了一段咒語，接著將手放開。兩個指環分開時，延伸拉出了一條銀色的線，像是黏膠牽出來的絲一般，隨著距離越來越遠，而越來越細，最終至肉眼無法看見為止。

「這樣就連結了，我可以聽得見你那邊的聲音，能透過指環直接和你溝通，不過其他人聽不見。」希蘭笑了笑，「如此一來你就不用擔心要如何回應了。」

理昂看了看希蘭，又看了看自己的指環，點了點頭表示謝意，便轉身前往主堡。

「有這樣的隱藏功能喔?!」翡翠又驚又怒地抱怨，「早點知道的話，我就可以省下一筆通話費了！」

「學園的指環是高等的魔法用具，上頭附載了許多咒語和巫法，可以說是特殊生命體界的 iPhone。」希蘭解說。

「為什麼要隱瞞這件事？」紅葉不解地詢問。

「沒有隱瞞，只是要你自己去發掘。」希蘭淺笑，「期許學生自主學習是夏洛姆的教育理念之一。學園裡大小事項都寫在學生手冊裡，大家有好好閱讀嗎？」

眾人不語，顯示答案是否定的。

「我看到第三章的組織願景就放棄了，那裡太沉悶無趣。」丹絹拐著彎辯解，表明自己還是有看。

紅葉偏頭想了想，「我的好像還在書架上吧。」

「難怪，我就想說為什麼學生手冊有辦法搞到像電話簿一樣……」小花喃喃低語。

翡翠扼腕地低咒：「我連看都沒看！」啊！他到底浪費掉多少原本可以省下的錢啊！夠豪邁！

「布拉德，你呢？」

布拉德尷尬地開口：「我好像拿去當暖爐的燃料了……」

看著眾人惋惜惱怒的表情，希蘭趕緊出聲緩和：「呃，不過雖然有這些功能，但因為發動咒語和異能力有時會消耗掉不少體力，所以也未必完全是件好事。總之，等會兒同一時間在練習室集合。」

眾人互望了一眼，留戀而不安地看著自己原本的身軀一眼，然後，同時長嘆。

福星，你好樣的……

分散行動後，希蘭獨自前往聖堂的禱告室。

聖堂是夏洛姆的宗教敬拜所，各種教派的信徒都能在這裡找到靈修的空間與相關資料。禱告室是各自獨立的小房間，隔音和隱私性相當高，要與理昂進行機密議題的遠端對話，此處是最佳地點。

按照指示前往會議室的理昂，從上樓梯就有專人站在守衛處等候，帶領著他入場，戒備相當森嚴。

設有重重阻擋間諜祕咒的門板緩緩開啟，面對他的，是夏洛姆的高層教職員：寒川、歌羅德、葛雷、言真——全是戰鬥力、巫力高超的頂尖戰士，以及夏洛姆的領導者桑珌。另外有幾名年長的特殊生命體，非學園內部人士，外表看起來是長老級的人物。

在這群大人物之中，有一位年齡明顯低於其他人、氣質輕佻的男子同列座中，淡金色的長髮、藍綠色的眼眸，還有那雙比一般人長的耳朵，透露出了精靈的血統。

「你來晚了，希蘭。」

「嗯。」

長老們挑眉，「這就是你的回應？」

「理昂，注意你的表現，你現在扮演的是寶瓶座副會長。」透過指環，希蘭出聲提醒。

「抱歉……」理昂生硬地開口，他實在很不習慣向人道歉。「因為方才和校代表們處理一些事，所以耽擱了……」

「哼，小孩子們的遊戲，何必認真。」一臉刻薄相的中年褐髮男子不屑地冷哼，「桑珌，別搞那麼多愚蠢的活動，除非你的目的是把夏洛姆的格調變低。」

教職員的臉色瞬間下沉，但校長仍一臉平靜。

「我有我的想法，漢彌爾頓。這是我的學校，」桑珌望向對方，眼中帶著一絲冷意，「而你，正待在我的學校裡。」言下之意相當明顯。

理昂入座後，低調地閉口不語，靜觀其變。

「這次召開緊急會議，是因為西歐地區的偵查者傳回了某些資料。」歌羅德起身報告，

「白三角開始大規模活動，這一波攻擊造成的傷害是近百年來最慘重的一次。」

「人類不過是牲口，再怎麼反抗也敵不過牧場主。」漢彌爾頓再度開口，「雖然說我對那些牲口沒啥好感，不過，會弱到被人類給消滅，那些特殊生命體本身也沒存在的必要了吧。」

理昂咬牙，緊握拳頭。他幾乎用盡全身的力量，才克制住自己不衝過去將對方的頭扭斷。

忍耐……為了聽取情報，他必須忍耐……

幸好，漢彌爾頓的言論並未得到在場其他人的認同。

「如果說木精靈克來西爾家的長老也算弱者的話，那麼百分之九十的特殊生命體都沒有存在的必要了。」

眾人聞言，臉色驟變。

「克來西爾死了？」

「可能。」

「可能？」

「這是第二件事。這波白三角的大規模攻擊有些怪異的共同點。首先，攻擊現場留下的死者並非所有的人，有些人被帶走了。白三角可能帶走了倖存者，也有可能只是帶走某些遺體，這和以往直接滅口焚屍的手段差很大。」

「噢，聽起來真是溫馨呢。」金髮男子笑呵呵地說著。

理昂很不喜歡他這種輕浮的態度。

「還有一點非常怪異。這幾波攻擊都是突襲，受害者都是在毫無防禦的狀況下遇害。白三角彷彿……」歌羅德遲疑了片刻，開口，「彷彿知道我們的所在地一樣，有些人甚至是在家中遇襲。」

現場瞬間沉默。

這個現象代表了兩種可能。第一，特殊生命體內有內賊，洩露同伴資訊；第二，白三角掌握了某種新的偵查方法，可以找到特殊生命體的所在地。

不管是哪一種，都非常不妙。

桑珌起身，「多言無益，不如思考解決之道吧。」

其他人各自提出意見，有激進的主攻派，有保守的防禦派，種種的言論此起彼落地在廳堂裡交錯，只有理昂始終沉默，眉頭深鎖，陷入沉思。

當年莉雅在深夜的海德堡遇襲，現場只留下大量的血跡，莉雅的屍身不見蹤影。難道她也被帶走了？

會不會……還有一絲的可能性，她還活著？

「向各族發出警告，全體特殊生命體進入二級警戒。若是開戰——夏洛姆全員皆兵，重裝待命。」

「很好，不枉費七大家族每年投注這麼多資源在這裡……」

全員皆兵？理昂微愕。

「夏洛姆的存在，本身就是為了教導特殊生命體戰鬥。在這中立地帶，不同種族才有可能排除宿怨，同心合作。」希蘭解釋，「簡單來說，夏洛姆就是特殊生命體界的禁衛軍團。雖然校長本身是主張和平派，但，凡事總有萬一……」

理昂從沒想過學園竟有這樣的存在目的。

非常好，他越來越愛這所學校了。

「希蘭，有什麼意見嗎？如果派你去偵查現場，願意嗎？」會長一副看輕人的模樣，「溫室的花朵有辦法面對戰火的燒灼嗎？」

這咄咄逼人的態度，未免找碴找得太明顯。

「他是寶瓶座會長，藍思里。」

嗯，所以呢？

「呃，藍思里一直對我有些誤會，他似乎覺得我想奪取寶瓶座會長的位置……」

「呵，能者多勞……」理昂忍不住低吟。太能幹的下屬，功高震主。

「你剛才說什麼呢？還沒出征，就嚇得不知所云了？」

「理昂，不要在意，他針對的是我，和他道個歉，說你能力不足，無法勝任這麼艱鉅的任務，千萬不要衝動——」

「藍思里大人，您誤會我了。讓您產生這樣的誤解，我深感抱歉……」理昂低下頭，深深地表示歉意。

藍思里挑眉，對「希蘭」的謙恭感到滿意。

「很好，理昂，就是這——」

理昂緊接著開口，「為了不負家族的名聲，不愧對會長您對我的期許——」他揚起燦爛的笑容，像希蘭平時那種令人如沐春風的微笑，「我相當樂意加入偵查隊。」

「理昂！」

抱歉了，希蘭。這個機會對他而言相當重要……

「並且我極力推薦夏格維斯家的長子與我同行。不知長老們是否准許？」理昂再加了一句，以確保自己若是在出征前回到自己軀體內，也能參與前線。

這算是對希蘭的補償，他不會丟下爛攤子給別人收。

「夏格維斯的長子？」

「在路德維希堡痛宰白三角的那個？」

「怎麼，當這是遠足嗎？還要找伙伴？」藍思里藉機譏諷。

「畢竟我的能力不足，不像藍思里大人您如此傑出。」理昂謙卑恭敬地回應，順水推舟地拍個馬屁。

長老們議論紛紛，教授們也似乎對希蘭的提議感到些許地訝異。但最終眾人的決議歸於一致——「准。」

「謝謝長老們的抬愛。」理昂謙遜地低頭致謝。

事成定局。遠在另一端的希蘭，也只有認命嘆息。

鬱鬱寡歡地上了一天的課，福星覺得自己好像變成空氣一樣，周遭的人都忽略了他的存在。嗯，不，與其說是空氣，不如說是屁，因為有些人看他的表情就像在擁擠的車廂猛然吸到有機體排放出的惡臭一樣。

沒有一個人想要靠近他。

雖然他知道對方厭惡的是「子夜」，但那些冷漠的眼神仍舊非常傷人。此外，子夜的同族兼舊識，羽泰，總是不斷地吵他，一直過來找麻煩，簡直片刻無安寧……

他好想念他的同伴。

福星一下課，就直接前往宿舍前廣場，坐在主道旁的石凳上，等著伙伴們歸來，在黃昏的最後一絲橘輝沒入地平線時，他看見了熟悉的面孔。

福星興奮地衝向對方，看見隊伍中少了幾個人，「希蘭和理昂跑去哪啦？還有丹絹和珠月咧？」

「寶瓶座召開緊急會議，理昂過去，希蘭在暗中幫忙。丹絹剛才被獺生和譚雅拉走，跑去討論一些『少女』話題。」布拉德打了個呵欠，看起來相當疲憊。「然後理昂和芮秋有小組作業沒交，所以剛才珠月被芮秋找去了。真是麻煩的闇血族。」

「是喔，那今天下午的課還好嗎？」

「還不賴。」翡翠掂了掂腰間的荷包，想必今日又藉著洛柯羅的外貌騙了不少錢。

「風精靈，有沒有興趣合作？」頂著布拉德樣貌的小花，像變魔術一樣從掌中現出數張照片，像扇子一般展開，「幫我賣，利潤八二分。」

翡翠接下照片，仔細端詳。「噢噢，相當高明的攝影技法，簡直稱得上是藝術品。」

福星好奇地湊過去，只見各式各樣的美男照，照片中的人皆毫無防備不知自己入鏡，有的是上身只圍著毛巾和人交談，有的是渾身濕、全裸地站在澡堂更衣室準備更衣，重點部位巧妙地被置物櫃門擋住。

主角大多是認識的人，像是同班的理昂、洛柯羅、墨翎，還有副會長希蘭，連丹絹這個萬年臭臉也被拍到不錯的畫面。

「呃！為什麼妳拍得到理昂的睡相？」福星好奇地詢問，想當初他為了新生試煉的任務，花了六歐元才有驚無險地取得理昂的睡顏照吶！

「這不是理昂，是珠月。」小花勾起微笑。「機會難得，當然要好好利用。」

翡翠讚賞地點頭，「我相信會有很多人為了藝術貢獻出他們的荷包的。」他繼續翻閱著照片，「慢著！這張是怎麼回事！」

福星低頭，只見翡翠手中照片的主角正是他與自己。照片中，翡翠坐在練習場的角落，一臉無辜地仰頭，而福星跪在翡翠的面前，居高臨下地伸手捧著翡翠的臉。

「呃！」他怎麼沒印象自己有做過這種事？難道是——「妙春！」

妙春和紅葉好奇地走近，「噢，這是昨天晚上在練習場的時候，紅葉的眼睛裡有髒東西，我幫她弄掉。」

「拍得不錯嘛。」紅葉伸手抱住妙春，「妙春真可愛！即使頂著福星那蠢蠢的臉孔也一樣可愛！」

「我才不蠢！」福星反駁。

「不要用我的身體做出奇怪的事！」翡翠斥喝，制止紅葉繼續「玩弄」他的身體。「這張不能賣！」他憤憤然地抽出照片，放進口袋裡。

「你確定？」小花悠悠地提醒，「那個系列已經有三十筆訂單，要放棄？」

翡翠皺了下眉，悻悻然地將照片放回，「臭貓妖。話說，為什麼妳不自己賣？」

小花露出苦笑，「因為沒人敢向我買，大家都覺得我一定會在商品裡下咒暗算人。真是太瞧不起我了。」她無奈地搖了搖頭，「所以，要合作嗎？」

「八二分是指我八妳二嗎？」

「你被洛柯羅的軀體同化了嗎？」小花冷哼，「照片是我照的，底片是我的，你只是負責賣而已，分兩成已經夠多了。」

「喂！我知道妳在講我壞話！」在一旁的洛柯羅不滿地回嘴。

「裡面有我的照片，我要抽肖像權費用，至少六四。」奸商再度出擊。

「你用洛柯羅的身體騙錢有給他費用嗎？況且，憑什麼認定你的照片一定有人買？少自戀了，我也得負擔滯銷的風險。七三。」小花華麗回攻。

翡翠咬牙，深深地吸了口氣，「一言為定。」

就這樣，史上最無良無德的商業聯盟誕生。

「嗯，所以現在可以去吃飯了嗎？」洛柯羅有點不耐煩地催促。

「你們先去吧，我想回房休息……」布拉德揉了揉眼，「珠月」原本瘦弱的身形看起來更憔悴了幾分。

「嗯，我也有些事。」小花跟著準備離開。

翡翠邊走邊翻著小花給他的另一疊照片，「欸?怎麼沒有布拉德的照片？」

已轉過身正要離去的小花沉默了兩秒，「沒拍到適合的。」語畢，快速離開現場。

紅葉突然想起某事，對著始終站在角落恍神不語的子夜開口，「對了，葛雷教授有事找我和『妙春』，好像是作業方面有些問題。子夜，一起過去吧。」

子夜吶吶地點了點頭，跟在紅葉身後。

眾人低聲交談時，西方遠處的高樓上，有一小群人正觀察他們的一舉一動。

「北校的人往食堂移動，紅葉不在裡面。」珠玉一邊吸著飲料，一邊拿著望遠鏡，「珠月姐姐要回宿舍了。看起來很累。」

「大概是下午的『遊戲』讓她耗盡體力了吧。」海月窩在沙發上專注地玩著掌上遊戲機。

這裡是南校代表的交誼廳，位於宿舍區斜對角的教職員休息室，外賓休息室頂樓。

「今天的交戰得到不少情報……」萊諾爾冷靜地對著戰友分析，「北校代表確實有兩下子，但是似乎很不穩定。我推測，他們似乎在研擬新的戰鬥模式。」

「以為這樣我們就無法應付了嗎？」護戎冷笑。

在他看來，丹絹依然沒變，甚至更加軟弱。以前的丹絹還會試圖回以虛弱到極點的攻擊，現在卻只會躲在結界裡——

是在看不起他嗎?!只因為他是犬神的貴族?

不過，那道結界確實有兩下子，竟然能接得下他的連續攻擊。終於願意認真了?

「子夜和其他人一起往中央食堂前進了。他看起來還頗開朗的嘛，不像你說的那樣啊。」珠玉盯著「子夜」，狐疑地詢問羽泰。

「不可能。」羽泰一把搶過珠玉手中的望遠鏡。

果然，他看見「子夜」和北校代表們有說有笑的，那樣的笑容他從未看過，一股莫名的怒意猛然竄升。

「啪!」

望遠鏡發出清脆的聲音，只見樹枝狀的裂紋從羽泰抓握著的部分向外擴散。

「喂!那是我的東西!」瑪格麗不滿地大吼，趕緊搶回，「你這傢伙，不要把妒意發洩在別人身上!」

「自己的東西顧不好，就別怪別人。」羽泰意有所指地輕笑，「比如妳的風精靈。」

「你想死嗎!」

「安靜!」萊諾爾低吼，止住了爭吵。「用兵之道，攻心為上。動亂敵心應該是我們的計策，怎麼反而被擾亂了。」

控制異能力和咒力需要高度的專注力，情緒不穩定的話很容易失敗。南校發現對手都是與自己有些過節的「朋友」後，便抓住這點，立即擬定出這個戰術。

他們相信自己和以往一樣，能夠在北校代表面前輕易地占上風，更相信自己心如止水，絕不可能被影響思緒。

「妙春和翡翠剛剛先離開了。」

「艾蜜莉回報說，看到紅葉和另外兩個女生去花園。」

「確認她返回寢室後，你就可以行動了。白泉。今天紅葉的表現失常，看來你的出現對她影響不小。」

白泉苦笑，「如果可以，我不希望和她在這種狀況相遇。」

「加油吧，」凱爾拍拍白泉的肩，「運氣好的話，說不定能在她房裡重溫舊夢——」

一只炎刃劃過，凱爾閃身，刀刃釘入牆中，留下一抹焦痕。

「你的話太多了，闇血族。」白泉冷冷地低語。

擾亂紅葉的心思雖然是戰略之一，但他發現，自己突然很想對紅葉說些話，特別是在今天看見她與那名風精靈的互動之後……

甩了甩頭，用力撇開雜念。

專心贏得比賽吧。能利用的，就盡量利用到底，即使是往日的舊情也是！

紅葉領著子夜，走到教學大樓西庭的角落。蓊鬱的樹木遍植於此，陰暗而寂靜。

「這裡不是葛雷教授的辦公室……」子夜淡淡地低語。

紅葉笑呵呵地開口，「那是藉口。只是有些問題想請教一下。」

子夜點了點頭，沒有其他反應。

「妙春的身體還好用嗎？」紅葉摸了摸「妙春」的頭，「她的身子很可愛，請你好好保管。」

「嗯……」

「今天你說的那些話，是什麼意思？」不再閒話，直接切入正題。「『這是，橫跨兩個境界，立於線上，站在天平中央的族裔做的。我是，這個身體也是，闖禍的那個傢伙也是。』這句是什麼意思？」

「噢，原來是這件事呀……」子夜抬頭。

「你似乎知道一些有關妙春的事？」紅葉繼續追問，「從哪聽來的？誰告訴你的？」

「沒有人。」子夜低下頭，喃喃低語，「這不用說，而是用感覺的。我和妙春，還有那隻蝙蝠精，都是一樣的……」

「一樣的什麼？」

「混生種變異體。」

紅葉臉色微變。

「我不知道福星有什麼能力，但是換到這具身體之後，我知道『她』有什麼能力。」子夜抬起頭打量著周遭，「這雙眼，看得到已經消亡、但仍存在於世的靈魂……」

「啪！」

子夜身後的矮樹叢瞬間爆燃，數秒內化為灰燼。

「看到後面的灌木叢了嗎？」紅葉依舊微笑，「希望你不要對別人說這些話。」

子夜說的沒錯，妙春看得見亡靈。這也就是前陣子惡靈騷動鬧得人心惶惶時，她們兩人卻依舊從容瀟灑的原因。因為妙春什麼也沒看到，她知道製造騷亂的「惡靈」並不存在。這是妙春的祕密，只有她知道。

這，也是導致她和江之上的白泉婚約破裂的導火線——

「妳不必做這些事，我也不會說……」子夜面無表情，「況且，不會有人想和我說話……」

他可以理解紅葉為什麼要這麼做。因為，如果身為「變異體」的事被人知道，那麼就會落到非常糟糕的處境。

他現在的處境。

顯性的變異種難以隱藏自己的身分，總是成為眾矢之的。

況且，比起紅葉，在暗中窺伺的那位，威脅性更強。

「我先回去了……」

看著那落寞孤獨的身影，紅葉心中產生了不捨，她彷彿看見認識她之前的妙春。那個被視為「祟之子」而被貍族流放的妙春。

「慢著！」紅葉出聲叫喚。

子夜停下腳步，不解地回頭。「還有事嗎？」

紅葉走上前，逕自牽起對方的手。「一起去吃飯吧。」

紅葉的舉動讓子夜驚訝不已，但表情仍然是一樣呆滯。

「我不是妙春……」

「我知道。」紅葉拉著子夜昂首向前，「但是你和她一樣令人憐惜。」

子夜不語，靜靜地跟著紅葉前進，但是，那總是淡然無神的眼，閃爍著一絲喜悅的光彩。

Chapter07

傲和嬌的比例要拿捏好才構成傲嬌

過了用餐時間的尖峰期，食堂裡學生三三兩兩地散落在各個角落。北校的學生們看見福星等人出現，紛紛給予支持和讚賞，就連「子夜」也得到了一、兩句的鼓勵，這讓福星不太適應。

福星一行人進入食堂沒多久，妙春就怯伶伶地開口詢問。

「不好意思……那個……我想去寢室裡拿些東西……」

「喔，去啊。有什麼問題？」

「我是說，『我的』寢室……」妙春吞吞吐吐，手絞著衣角，「我現在不方便進女宿，本來想請找丹絹幫忙的，但是他不知道跑去哪裡，子夜又好難溝通……而且今晚值勤的舍監是莉絲大嬸，她好凶，直接去找她登記拜訪的話一定會被罵。我想偷偷潛入，但是我的異能力不夠熟練，可能會觸動警報，所以……」

「小事一件，我們可以幫妳！」福星想都不想一口答應。

「你行嗎？」翡翠挑眉，「想想你至今的豐功偉業吧。」

「你行啊。」福星諂媚地開口，「翡翠這麼厲害又這麼善良，一定會出手相助的！」

「呦呵呵，福星……」翡翠輕笑著搖了搖頭，「我可以很自傲地告訴你，如果良知可以賣錢，那麼我早就已經賤價出售了。」

「拜託嘛，翡翠……不然以後我幫你推銷商品給人類？我媽在社區大學教書，那些阿桑最愛買一些有的沒的小東西。還有，我姐之前在醫院工作，我可以去醫院幫你推銷東西，被病魔摧殘的可憐病患最需要心靈的支柱，護身符和民俗療法商品一定會賣得很好。怎樣？」

翡翠對福星的提議相當心動，便故作勉為其難地開口，「如果沒賺的話你負擔全部損失。」

「成交。」

「我也要去！」待在丹絹體內的洛柯羅不甘寂寞地插嘴。

「這不是去玩。」翡翠回絕。畢竟多帶一人，風險跟著提升一分。

「喔，好吧……」洛柯羅認命地低下頭，「那我自己回寢室好了。希望紅葉已經回來了，這樣她可以陪我聊天。」

翡翠想起洛柯羅那空蕩蕩的單人房，一股不忍的情緒浮上心頭，「你要去的話，叫福星幫忙。」

「喔喔？」洛柯羅興奮地抬頭，眼底充滿驚喜之色，「可以嗎？可以嗎？」

「一起去呀！人多比較熱鬧嘛。」福星傻呵呵地笑著答應。

「耶耶耶！」洛柯羅抓著福星和妙春的手，「謝謝福星！」

「對呀！謝謝福星！」妙春跟著微笑。

三個人手拉著手，一副融洽歡樂的模樣。

看著這三個傻瓜，翡翠的臉瞬間綠掉。

喂！搞清楚，出力的都是他吧！他覺得自己好像變成保母，而且是免錢的義工——

義工！這實在是太驚悚的詞彙了！竟然出現在他身上！

真要命，難道換到洛柯羅的身體裡，腦子真的會變不靈光……

腦中浮現出自己憨笑著吃甜食的畫面，翡翠忍不住打了個冷顫。

丹絹坐在花架下的鏤花長椅上，被紅葉的好友包圍，左邊是譚雅，右邊是彌生。一下課就被拉來這「姐妹的祕密花園」，拉拉雜雜地聊了兩個小時。彌生拿出最新的時裝雜誌，放在「紅葉」的大腿上，從第一頁開始翻，邊翻邊討論。

持續不斷的精神轟炸，讓丹絹覺得自己的腦細胞想自殺。簡直是虐囚啊！

他真搞不懂，為什麼女人要對著時尚雜誌上的皮包尖叫，更分不清楚珠光粉和蜜桃粉的指甲油有什麼差異。

「妳覺得布蘭登他是不是對我有意思？」

現在，話題轉入感情問題。稍稍有點意思，但還是很無趣……

彌生煩惱地用指尖捲著髮尾，眼神隨著髮尾斜望著自己的指頭，媚態萬千，「他最近常接近我，上回還送我心形銀手鍊。如果他有意願的話，希望他明確一點，這樣我才能有所回應。」

丹絹覺得這個動作和神情有點眼熟。

「噢噢？我聞到出軌的味道喔。」譚雅賊笑，「妳和傑森不是還在交往？」

「我已經對他有點膩了，只是一時找不到分開的理由。」

「真巧，他對妳也有一樣的想法。」丹絹想起在男宿交誼廳時，傑森和好友們討論自己的感情狀況，「他說妳很膚淺，在一起沒什麼共同話題。」

「什麼！」彌生勃然，差點把頭髮扯下，「他是這麼說的嗎?!」

「嗯，是。」

「可惡！」彌生咬牙切齒，但隨即高傲地蔑笑，「哼，我也只是覺得他外表還不錯，所以勉為其難地和他在一起罷了！」

丹絹嘖嘖稱奇地開口，「妳知道嗎，其實你們很配。」

「喔，為何？」

「因為傑森也講過相同的話。」這兩個人裡子根本是一模一樣。「另外，布蘭登只是玩玩罷了。他說他還沒交過東洋的精怪，差妳一個，他就集滿五大洲七大洋的女友了。」

「他當自己在集紅利點數換禮物嗎！」彌生憤怒，頭髮末端變成深綠色，潔白的皮膚隱隱透出鱗紋。

「紅葉，妳怎麼知道？」譚雅好奇。

丹絹愣了愣，隨即模仿紅葉的語調，笑著開口，「我可是狐狸精紅葉吶……」

譚雅和彌生同時露出崇拜的眼神。在彌生的眼中，更是充滿著羨慕與渴望。

彌生甩了甩頭髮，慵懶地靠向椅背，雙手環胸，兩腿交疊，落落大方地開口，「無所謂。我不在意。他想怎樣就怎樣吧。」

丹絹盯著彌生，怎樣都覺得這個語氣、這個神情、這個姿勢，相當地眼熟——

忽地，他找到了答案。

啊，他知道了，彌生在模仿紅葉。

一舉一動，包括眼神、打扮，全都和紅葉相似。

因為崇拜紅葉，因為喜歡紅葉，因為希望自己也能像紅葉一樣，所以，乾脆把自己偽裝成另一個紅葉。

他懂，他可以理解這種心態。

因為，他也曾經崇拜某個人，崇拜到希望自己能變成那個人。

「妳不用模仿她……」丹絹低吟。

「呃嗯？」

「妳在模仿紅葉。」

彌生和譚雅愣了愣。

「妳在說什麼啊……」

「這樣不好。」丹絹望向彌生的手腕。上頭戴著的手環，他在紅葉的梳妝臺上看過一只一樣的。「一直如此的話，妳會越變越膚淺，越來越空虛。」自己都不認同自己了，那麼存在的意義也隨之動搖。

彌生臉色驟變，譚雅則是不安地打量著兩人。

「別當他人的影子。」丹絹繼續說著，「不然妳也只能做個被玩玩的角色。」

彌生猛地起身，拿起包包，快步離去。

譚雅尷尬地看了看彌生的背影，又看了看「紅葉」，丹絹點了點頭表示諒解，譚雅便拿起背包，對紅葉投以抱歉的笑容之後，追在彌生身後離去。

丹絹獨坐在長椅上，對自己感到訝異。他很意外自己會對別人說出這些話，而且對象竟然是他平時最不屑一顧的女人。

搞什麼啊……不僅外在，連內在也要變得不像自己了嗎？

煩躁地抓了抓頭。先想想怎麼和紅葉解釋他破壞了她和好姐妹之間的友誼吧……

夜晚，女宿外面。

晚餐時間，大多數的學生都待在中央食堂，或者宿舍地下室的飲食部用餐，寢室區的周遭寂靜無聲，沒人會經過。

翡翠帶著福星、洛柯羅還有妙春，一路通過防禦咒，進入了位在五樓東側的寢室。

基本上整個過程不困難，以翡翠的能力，輕易地就施了個混亂咒，讓偵測系統感應不到非限定的入侵者。

眾人跨越結界後，輕易地躍上、飛上五樓的窗臺，除了福星。

福星試了幾次都無法飛翔，就算想把子夜的身體形化為半玄鳥模式，但弄了半天，只讓手掌浮出幾根白羽。

最後是洛柯羅背著他，施展翔風咒上去的。

「福星，你耍什麼寶！」翡翠忍不住抱怨，「你當這是大冒險嗎！夠刺激有趣嗎？」

「我又不是故意的！」

「福星，你真的很笨。」洛柯羅也跟著碎碎唸了幾聲，「幸好我有來。」

「怪我囉！」

「是的。」

「洛柯羅你越來越不可愛了喔……」怎麼變得像鄰居家的臭小鬼一樣討厭呀！

「我本來就不可愛。」洛柯羅勾起嘴角，「我是帥。福星才是蠢得可愛。」

福星瞠目。

造反了造反了！這這這！還像話嗎！

「唔！紅葉姐姐的床區怎麼變這樣……」

妙春的哀號聲從紅葉的床區響起，讓原本待在客廳邊緣的另外三人，好奇地走過去。

聽妙春的語氣，原本以為會看見一片狼藉，但出現在眼前的卻是井然有序、窗明几淨的閨房。

「哇，好乾淨。」福星驚嘆。簡直和有潔癖的老姐不相上下。

翡翠淺笑，「很有丹絹的風格。」

「這樣子我不知道東西放哪裡了……」妙春苦惱地在房裡東翻西找。

照慣例，一到新環境就會開始不安分的洛柯羅，非常盡職地又開始搗蛋尋寶，彷彿考古學家發現亞特蘭提斯一般，在他人的房間裡盡情挖掘令他感到新奇的物品。

「福星福星！這是什麼！」洛柯羅手拿著粉色的圓形小盒，興奮地看著裡頭，「圓圓小小的，看起來好像糖球！」

「那是 ANNA SUI 蜜粉球！不能吃！」

「是喔。」洛柯羅隨手放回，接著又翻出另一個東西，「福星福星，這個呢？果醬？」

「不對！這是 KATE 最新一季的唇蜜！」

「福星福星，這個呢？果凍嗎？能吃嗎？」

「那是 Nubra！貼胸部的！不要亂動別人的東西！」在洛柯羅翻出更令人尷尬的東西前，福星趕緊制止。

翡翠挑眉。「你怎麼這麼清楚？」

福星不好意思地抓了抓頭，「我常陪我媽和我姐逛街。」

「妙春，妳要找的東西找到了嗎？」

「我的東西和紅葉的放在一起，變成這樣我很難找——」妙春趴在床邊，翻著床下的收納櫃。忽地，翻找的動作停止，「呃！有人來了！」

「是丹絹嗎？還是子夜？」

「這腳步聲是丹絹。」妙春看起來非常緊張，「我擅自跑進來，他一定會生氣的！」

翡翠本想說這又不是丹絹的房間，況且丹絹沒那麼恐怖，但是在他來得及開口之前，福星搶先發令：「趕快躲起來！」

於是，妙春拉著洛柯羅，藏到了紅葉的衣櫃裡，翡翠則是被福星拉到客廳一隅，隱身在遮光簾和窗簾之間。

翡翠忍不住皺眉，「為什麼我要做這種蠢事……」

「噓，小聲點。」福星瞪了翡翠一眼，好像對方是不懂遊戲規則的門外漢。

幾秒後，頂著紅葉外貌的丹絹步入屋中。原本臉色就不太好看的他，此刻看起來更加憔悴，紅葉總是豔麗自信的容顏，出現了未曾有過的狼狽。

丹絹將背包隨意地扔在客廳的地上，鞋子隨意踢到一角，連拖鞋也不穿，衣服也沒換，直接進入床區，癱到床上。

翡翠挑眉。他沒看過一絲不苟的丹絹如此隨便，發生了什麼事？

丹絹無力地躺在床上，望著天花板上的銅燈。

該怎麼和紅葉解釋？那嚣張的女人一定會藉機羞辱他一番吧。

躲在窗簾後的福星看了翡翠一眼，本想低聲開口說話，卻被翡翠伸手摀住了嘴。

福星不解地望向翡翠。翡翠以手指輕輕地指了指窗外的方向，以唇語回答。

有動靜……

一名不速之客熟練地避開了防禦結界，悄然無聲地進入房中，屋裡的人渾然不覺。

躺在床上的丹絹翻了個身，整張臉埋入枕中，發出一聲悶悶的長嘆，「唉。」好煩。

「累了嗎？」耳熟的男低音從身旁響起。

丹絹嚇得跳起，本能地擺出攻擊姿勢，正要揮拳時，赫然發現對方竟是「翡翠」。正確來說，是紅葉。丹絹趕緊收手。

「妳搞什麼！」丹絹鬆了口氣，惱怒地低咒，「鬼鬼祟祟地潛進別人房間，真是夠低級的。」

躲在暗處的人不敢出聲。真正鬼鬼祟祟的人在這裡……

「這是我的房間。」紅葉糾正，順勢坐在床邊，「你還沒看過我真正低級的樣子。」

「呿。」丹絹冷嗤了聲，不予置評。

一時間，房內安靜無語。

「呃嗯，妳來做什麼？」自己今天傍晚闖的禍，他還沒想到要如何開口。

「我來關心自己。不知變態悶騷小蜘蛛會不會對人家美豔的玉體做奇怪的事呢……」

「別胡說八道了！臭三八！」丹絹咆哮，本打算起身下床，但卻被紅葉伸出的手給擋下去路。

「不是說了，睡覺之前一定要先卸妝洗臉的嗎？」紅葉伸出手，撫了撫原本屬於自己的臉，「才一天而已，你讓我看起來像老了一百歲。該死的小蜘蛛。」

丹絹用力甩開紅葉的手。不知道為何，他感覺非常煩躁。臉，非常熱。

「走開！蠢女人！」丹絹怒吼，「還不都是因為妳！妳的蠢蛋朋友和那些蒼蠅纏了我一整天！」

「呵呵，很有趣，不是嗎？」紅葉發出銀鈴般的笑聲，「話說，你對彌生做了什麼？我剛看到她紅著眼回宿舍。」

「呃，這……」

沒想到紅葉會直接質問，丹絹尷尬而略微結巴地概述了事情經過。

「你對她說了這些啊……」

「她確實是這樣，我只是隨口點出而已，誰知道她會這麼在意。」丹絹強辯，撇開頭，等著接受紅葉的酸言酸語和責備。

然而，紅葉只是笑了笑，「觀察力不錯嘛，能看出彌生的問題。」

「就這樣？」紅葉的反應出乎他意料地平淡。「呃，那個，我似乎無意破壞了妳們的友誼……呃，當然這並不全是我的錯，畢竟我也只是陳述事實，人人都有言論自由，嗯……」

向來伶牙俐齒的丹絹，此刻結巴不已。紅葉邊聽邊點頭，沒多做評論。

「嗯，總之……」丹絹的聲音越來越小，「抱歉……」

躲在窗簾後的翡翠瞠目結舌，彷彿發現自己皮夾裡的歐元變成冥紙。

丹絹在道歉？那個丹絹？

「無所謂。」紅葉隨性地踢掉鞋，跨上床，雙手放在腦後自適地躺下，一點也不在意丹絹還跪坐在床上。「反正我早就想對她說這些話了，只是找不到適當的機會。」

「喔嗯……」丹絹尷尬地看著紅葉，想下床，卻又覺得這樣的行為很遜，感覺一下去就輸了。

「一味地追隨他人，只會迷失自己珍貴的本質。」紅葉順手抓起丹絹的手拉到眼前，盯著那原本屬於自己的纖長玉指，「還有，指甲邊緣要記得修。」

「呃嗯……」丹絹略微尷尬地把手抽回。這女人，似乎並非如他想像中的那麼膚淺……他突然可以理解為什麼有這麼多人迷戀紅葉，應該不只是因為她的外表。紅葉具有的魅力是來自內在，與美麗的外表巧妙結合，化為絕對的吸引力。

「怎麼了？」

「妳……嗯，不錯。」

「迷上我了？小蜘蛛？」

「才沒有！」

「還是說，風精靈的清麗外表讓你心動呢？」紅葉恍然大悟地擊掌，「嘖嘖，看來小花說的沒錯，你果然是受。」

「閉嘴！」丹絹伸手用力一推，想把紅葉推下床。

紅葉揪住對方的手，順勢將對方拉入懷中，「哎唷，還會打人呢！凶暴的小蜘蛛。」

丹絹瞪大了眼，一時間不知做何反應。他活了一個世紀，見識了兩次世界大戰以及各種光怪陸離的畫面，但從未像此刻一樣驚惶失措。

眼前的處境，難以反應，內心莫名的思緒，難以言喻。

「唷，這個表情很無辜。」紅葉捏了捏丹絹的臉，「這樣的我還頗誘人的。」

「妳住……」

「這是在幹什麼！」突如其來，一聲怒不可遏的咆哮出現在寢室裡。

眾人望向聲源，只見白泉站在床區外側，臉色因怒氣而漲紅，額角青筋根根分明。

床上的兩人，包括躲在暗處的四人，心中同時錯愕：老兄，你哪來？

白泉憤憤地衝向床鋪，凶惡地瞪著「紅葉」。

「我以為妳有所轉變，看來我錯了！妳和以前一樣自我中心，不，妳比以前更加墮落！」

丹絹坐在床上，不解地望著白泉，然後又看了看身後的紅葉。這是怎樣？

白泉繼續咄咄逼人，「怎麼，不辯解？承認了？徹底拋棄妳的羞恥心了?!妳和別人打鬧調情還懂得分寸，我就不計較，現在妳竟然直接帶人回寢！還是說，北校的隊友全都進過妳房間——」

「閉嘴！」丹絹起身回吼。「半夜闖入女子宿舍，還擺出一副道德模範生的姿態，你會不會自我感覺太良好？寡廉鮮恥的傢伙！」

他雖然搞不清楚紅葉與白泉之間的恩怨，但他知道，他對白泉的言語，很、不、悅。

紅葉詫異地看著丹絹。哇喔，小蜘蛛在幫她說話呢！

白泉咬牙強辯，「妳有錯在先！還理直氣壯！妳真的墮落了！」

「而你，早已待在谷底，沒有墮落的餘地。」丹絹嗤笑，「做賊的喊捉賊，南校是造了什麼孽，竟讓這種貨色被選中？」

「妳——」

「哈哈哈！」始終在一旁做壁上觀的紅葉忍不住拍手，「不錯啊。謝啦。」她順手拍了拍丹絹的肩，「我以為你會和他想法一致呢……」

丹絹不好意思地撇開頭。

「放開你的手，風精靈！」白泉將砲口指向「翡翠」。

「你怎麼還不走呢？這裡已經沒你的戲了，白泉。」紅葉刻意用力地抱住丹絹，挑釁地望著白泉，「既然你這麼討厭她，就把她讓給別人吧。」

不珍惜的話，那就放手吧……

白泉憤怒地瞪著「翡翠」，掌心燃起秋楓豔紅般的火燄，高舉手，準備向「翡翠」射去。

「不要欺負紅葉姐姐！」

一聲吶喊吸引了屋中人的注意，打斷了白泉的攻擊。

只見衣櫃門赫然迸開，妙春從中衝出。然而妙春跳衝的動作太大，導致不小心被洛柯羅的腳絆到，重心一個不穩，猛地像美式足球員一般，用力朝白泉撞去。

白泉被撞得向後倒，壓向洛柯羅放在桌上的巧克力泡芙，飽滿的泡芙瞬間爆漿，稀爛的內餡一路被糊抹到放在一旁的精裝書上，粗魯的力道推扯破了幾張內頁。

「我的泡芙！」洛柯羅跟著奔出來，將白泉推開，如喪考妣地拿起糊爛成漿的點心。他黯然神傷地瞪向白泉，「你這個討厭鬼！」

白泉、紅葉和丹絹，因眼前突發的狀況愣愣，一時間，房裡只有洛柯羅的唉嘆聲，還有妙春因膝蓋撞傷而發出的呻吟。

「現在是怎樣！」白泉怒吼，「妳的房間裡竟然有三個男人！」

「我也很訝異。」紅葉看了看妙春和洛柯羅，然後看了看丹絹和白泉，忍不住噴笑出聲，「你錯了，是四個。」

「你閉嘴！」白泉怒吼。

丹絹瞪著兩名不速之客，驚覺自己方才的表現已被看見，不由感到又羞又怒，然後遷怒到紅葉身上，「妳知道他們在這裡？」

「現在才知道。」紅葉微笑，「怎麼，你喜歡有觀眾？口味真重。來吧，要參觀還是參加？」

「住口！」丹絹和白泉異口同聲地怒斥。

「生什麼氣，反正人都到了，乾脆一起來算了。」

「閉嘴！」

紅葉這女人，總是有辦法激怒他人。

躲在簾幕後方，膽戰心驚地觀看一切過程的另外兩人，連大氣都不敢喘。但，根據莫非定律，事情總是會往你最不想發生的地步發展下去。

縮在牆邊的福星，身子突然開始不安地顫動。

「別動！」翡翠極力壓低聲音制止。

「我鼻子很癢……」大概是簾子的毛屑讓他過敏。

「忍住！」這傢伙為什麼總是有辦法讓事情越來越糟！「現在出去就太尷尬了！」

福星努力地捏揉鼻子，想壓抑打噴嚏的欲望，但越揉越癢。

「不、不行了！」

「施咒壓抑它——」翡翠一開口才發現這是糟到極點的主意，趕緊伸手抓住福星，打算制止，「啊，慢著，你別妄動！」

但福星已經開始吟誦咒語，淡紫色的幽光隱隱閃耀，然後——

「轟噗咻～～～」

一股狂風從簾幕後噴洩而出，布簾被吹到貼上天花板，露出兩個縮在角落、手抓著手、僵直得有如筷子的人影。

房中的人愣愣地望著新出現的不速之客。一秒後，風力減弱，布簾有如舞臺劇落幕一般緩緩降下，把兩人再度蓋住。

室內一片令人窘迫的沉靜。

「你猜，他們會不會沒發現我們？」福星躲在幕後低聲詢問。

「你當我是瞎子還是白痴?!」丹絹的臉臭到極點。雖然是紅葉的外貌，可看起來也是相當猙獰。是怎樣？大家串通好在今晚整他嗎?!

紅葉倒是不以為意，只覺得好笑。事實上，當妙春和洛柯羅出現時，她就大概猜到一定有其他人幫忙這兩人潛入。

福星和翡翠尷尬地從簾幕後走出。

「這是怎麼回事！」白泉不可置信地對著「紅葉」大吼。「妳到底在想什麼！」

「不要問我！」丹絹同樣憤怒地瞪著房裡的其他人，最後聚焦在翡翠身上，「為什麼連你都在這裡？」

「為了讓商品能在各大醫院和中年婦女間廣開銷路。」翡翠放棄解釋，無力地長嘆。

福星，你這衰鬼……

「這些人為什麼在這裡?!」白泉質問。

紅葉輕笑，「你倒提醒了我們，我還沒問你，這麼晚了你來做什麼？」

「我知道！」福星趕緊喧賓奪主，了然於心地大聲斥喝，「這淫賊必定是看夜黑風高，外頭人馬混亂，防衛疏漏，便藉機潛入香閨，想迷姦紅葉！」午間劇場都這樣演的！

「福星你的用詞怪怪的。」

「住口！你這異變種！」發生的事情超出預料，也超出常識理解範圍，白泉又惱又惑，忿怒地大吼，「北校都是瘋子！」

「而你，只是個變態。」丹絹冷冷地提醒。

「閉嘴！」白泉怒瞪著「紅葉」，「紅葉，我沒想到妳墮落至此！看來當初宗長取消婚約，改與森之內聯姻果然是正確的決定！膚淺低俗的女子，回想起來，我竟對妳抱有歉意，簡直愚昧至極！」

「喂，你——」

翡翠和福星正打算開口喝止時，有個人搶先了一步。

「你現在看起來也非常蠢。」出乎意料的，丹絹竟搶在眾人之前開口反駁。

丹絹勾起嘴角，露出紅葉的招牌笑容。一瞬間，白泉看得失神。

「一分鐘後，你會看起來更蠢！」語畢，丹絹以迅雷不及掩耳的速度，朝白泉扔出束縛咒。

「呃！」被咒語困住的白泉，僵在原地。

「呀啊——！」丹絹用力地發出刺耳的叫聲，接著，朝窗扉射出一道爆破咒，打破玻璃，觸動了防衛警報。

「丹……呃，『紅葉』？」

「全都給我出去。」丹絹伸一手指向陽臺，另一手抄起放在一旁的衣物籃，向白泉撒過去。大大小小、五顏六色的內衣，像彩帶一樣掛上了白泉的身軀。「你們有一分鐘的時間。除非想一起被當成內衣賊逮捕，否則快點行動！」

眾人愣愣了三秒，接著相當有默契地朝窗外奔逃。

幹得好！丹絹！眾人在心中豎起拇指。

紅葉最後一個離開。走前，她對著丹絹露出不解卻又感謝的眼神。

丹絹悻悻然地移開目光，「誰叫他弄破了我的書……」

桌上那本書是他的，他向來很珍惜書本。他可不是為了那臭三八而這麼做的！絕對不是！

紅葉輕笑，不再多言，轉身躍入夜色之中。啊啊……多麼可愛的小蜘蛛。

女宿的五樓鬧得不可開交時，樓下的西側房間裡，有一人正天人交戰中。

布拉德站在浴室裡，盯著鏡中人。他所寄居的身軀，他喜歡的女生，正站在他的面前。

嗯，昨天和今天運動量都不小，流了不少汗水，加上珠月本身是個愛清潔的人，如果要扮演好她，不讓他人起疑，保持清潔是必要的。況且珠月本身也不在意，她也希望自己的身體能有好的照料與對待，所以——

洗澡，是非常合理的事。

經過冗長的自我心理建設，布拉德抬起頭，正要解開胸前的釦子時，被出現在鏡中的另一個臉孔著著實實地嚇了一跳。

「啊啊啊！」他回頭，只見「自己」正站在身後。「小、小花？」

「嗨。」小花舉起手，「你好。」

「呃……」布拉德尷尬地應了聲，「有什麼事嗎？」

「我進來拿東西。」小花指了指置物櫃，「我的草本潤絲精。」

布拉德看了看那罐乳白色液體，愣愣地點點頭，「喔嗯。」

「謝謝。」小花從容地走到櫃前。

「呃嗯，妳不用那麼用心地照顧我的身體。」布拉德尷尬地開口，「頭髮隨便洗一洗就好，不需要潤絲。」

「這不是要使用在頭髮上，是要擠在身上拍照用的。」

「什麼?!」

「開玩笑的。」

「呃，嗯……」布拉德乾笑了兩聲，不知該說什麼。他向來不知道如何和小花應對。

「……那個，這兩天，還好吧，我的身體……」

「非常棒。」小花由衷地肯定。

「呃？」這個回答感覺很令人不安，但布拉德沒有勇氣追問。

「珠月的身體如何？」小花反問，「我可以借你拍立得。」

「這個問題很失禮。我並不會這麼做。」

小花淺笑，「你真單純。」

布拉德挑眉，分不出這句話是讚賞還是嘲諷。

「我喜歡這樣的你。」

「呃?!」布拉德震愕。

「我說身體。」

「喔，嗯……」這傢伙似乎以整人為樂……

「你哥身手不錯。」小花突然轉移話題，「今天和他過招，頗有兩下子，長得也不賴。」

「是啊。阿爾伯特家的男孩，必須要那樣。」

不能軟弱，必須剛強如鐵，甚至，連心也要冷硬如鐵……這一點，他總是學不會。

「獸族該有的冷酷、剛硬還有陰狠，他都具備完全，是個傑出的狼人。」

「是啊。」

他當然知道。從小，周遭的人總是拿他與兄長比較，他總是被期許要和兄長一樣，總是被認為能力不如兄長太多——

「不過，我覺得你比較好。」

「呃，謝謝……」這答案讓布拉德訝異，但也充滿了欣喜，「哪方面？」

「這裡，那裡。裡面，外面。都好。」小花中肯地說著，「硬要說最喜歡的部分的話，應該是——」小花準備解釦實物說明。

「呃呃，不用解釋了。」布拉德趕緊制止。

小花停止動作，但繼續說著，「我覺得，你擁有不輸你兄長的高貴靈魂。」

布拉德微愕。第一次有人這樣稱讚他，而且對象竟然是他最無法理解的小花。

小花繼續開口，「珠月的硬碟和網卡放在第二格抽屜。黑色的外接硬碟裡有她常用的檔案。」

布拉德挑眉，「所以？」

「你幫她拿過去，她會很高興。」

「這樣啊……」布拉德謹記在心，但又不免好奇，「為何告訴我這些？」

小花輕笑。「要我說理由嗎。」

她在教他如何討好自己喜歡的人。

而她在討好自己喜歡的人。

布拉德不再追問。他知道自己內心似乎被看穿了。

小花笑了笑，「不打擾了，你慢慢洗吧。」語畢，轉過身，若無其事地走向門板。

當布拉德正要鬆一口氣時，小花忽地折返，「送你個禮物。」

「什麼？」布拉德來不及反應，就被結實的手臂猛地摟過去。「喂——」

「喀嚓！」一道閃光亮起，布拉德被照得瞇起了眼。

他揉著被光刺得流淚的眼睛，不快地開口，「妳搞什麼——」

一張拍立得相片擋在他臉前，止住了他的話語。

「五分鐘後會顯像完成。」小花搧了搧相片，然後放在一旁的置物臺上，「這樣，你就有和珠月的合照了。」語畢，像方才一樣從容離去。

留下一臉錯愕、不明所以的布拉德。

SHALOM ACADEMY
Chapter08
學園祭前奏曲——幽情曖曖
SHALOM ACADEMY

下課就被芮秋約到自習室的珠月，坐立難安地聽著對方解說。

「……這週的冷兵器概論實作要交小論文，我們負責的是分析十字軍東征時兩軍兵器對戰局的影響，期末要繳交。」芮秋拿出作業說明表，以及數本厚重的參考書。

珠月點點頭。她不敢講太多話，深怕露出破綻。

芮秋繼續說著，「這些是相關文獻，可能還不太夠。上回決定題目時你不在，所以波爾那混帳趁機把最難的題目丟給我們。」

波爾是課堂助教，狼族，總是喜歡搞些小動作惡整闇血族人。

珠月繼續點頭，不語。

芮秋抬起頭，望向理昂，「這些文獻交給你處理，週五前請寫出六千字評析。」

珠月皺了皺眉，但還是點頭。

芮秋微笑，「你今天怎麼話這麼少？」

珠月心頭一驚，但故作冷靜地回答，「抱歉，但妳知道我一向不愛說話……」她認知中的理昂就是安靜、冷酷，她以為只要沉默就不會有事。

芮秋挑眉，盯著「理昂」，那眼神讓珠月非常不安。

珠月輕咳了聲，「抱歉，如果沒事的話，我先走了。」

「等等。」

「有什麼事嗎？」

「十二月的家族聯盟晚宴，你會參加嗎？」

珠月停頓了一秒，「會……」

「真奇怪，你向來不喜歡這種大型典禮的。」

「嗯，只是好奇罷了……」糟糕，感覺不妙，她得快點離開。

但芮秋繼續開口，沒有停止的打算，「上回的共同作業，只剩你的部分還沒繳交，完成了嗎？」

她不知道！「呃，抱歉，應該還沒……」

「因為你，我們已經遲交了。」芮秋的語氣帶著明顯的責備意味。

聽見對方話語中的責難，珠月頓時慌了手腳，「真的非常抱歉！」

出乎意料的，回應她的是芮秋的輕笑聲，「呵呵呵，本性難移。」

珠月愣了愣，「怎、怎麼了？」

「你不是理昂。」

珠月倒抽了一口氣，努力鎮定，「別說傻話了……」

「別裝傻了，珠月。」芮秋冷冷點破，不客氣地上下打量著對方，「幻術，還是迷魂？這是北校的戰略嗎？老實說，被這樣耍，我不太高興。」

「呃，不是的！真的很抱歉……」珠月低下頭，一臉歉疚，「出了一點意外，真的很抱歉，但我不能透露太多，抱歉讓妳——」

「夠了！」芮秋忍不住斥聲打斷，「不要用理昂的臉道歉。理昂不會為沒有錯的事道歉！妳這樣是在褻瀆他的外貌！」

出。

「抱歉——呃！」珠月捂住嘴，因為她發現自己只要開口，道歉的話語就會自動流洩而出。

屋內陷入靜默，芮秋再度開口，「妳知道我最討厭妳哪一點嗎？就是妳把道歉當手段來解決所有的事。」她毫不客氣，「簡直在愚弄人……」

「並不是這樣的！妳根本就不懂！」珠月咆哮，連她自己都訝異。

最近發生的事太多，讓她也跟著失常。

「憑什麼我必須要懂。」芮秋冷哼，「妳只會道歉，有什麼資格要別人理解——」

「煩死人了！」珠月忍不住大喊，像是放棄堅持一般。

被選上北校選手已經夠讓她頭痛了，沒想到對手竟是珠玉和海月，更糟糕的是，現在還被換到另一個身體裡，沒有一件事在她掌控之內，她只想躲到自己原本的生活圈，靜靜地過日子。

已經夠煩了，現在被人這樣指責——

像是潰了堤一般，濃濃的不滿與委屈，隨著咆哮噴洩而出，「妳不是校代表，不必背負大家的期望，又沒有寵溺小孩的父母和被寵壞的弟弟要照顧，更沒有被強迫換到另一個人的身軀裡！妳有什麼資格數落我！」

她受夠了！不管她說什麼，總是會被否決，解釋也只會被當成藉口。漸漸地，她習慣退讓，習慣隱藏自己的想法，習慣扮演一個隨和的「好人」。

這模式向來通行無阻，在家在外都為她擋下所有複雜的人際問題。

除了芮秋。

芮秋挑眉淺笑，「嗯哼，被寵壞的弟弟？我以為妳很喜歡他們呢。」

珠月愣了愣，發覺到自己的失控，又驚又惱。她盯著一派從容的芮秋，咬牙怒斥，「我討厭妳！」

「我也是。」

珠月瞪了芮秋一眼，惱怒和委屈幾乎充滿她的內心。她憤然起身，抓起自己的背包，頭也不回地奔離教室。

接下來的幾日，北校選手們刻意迴避人群，躲避與南校的接觸，暫無風波，靈魂互換的事也沒被發現。隨著日子過去，眾人似乎稍稍習慣新角色的生活，但卻仍然無法靈活駕馭新軀體的力量。

例如待在珠月纖瘦軀體裡的布拉德，非常無法接受自己抬不起大理石桌；而珠月則是受不了一到夜晚，五感就變得格外敏銳；變成獸族的小花，因控制不了強勁的力量，失手捏爆了兩個鏡頭，這讓她幾乎抓狂；一開始利用洛柯羅軀體海撈一票的翡翠，也開始覺得煩了。

至於福星，則是始終覺得視力時好時壞，有時會看見朦朧而怪異的影像。

其他的人各有大大小小的問題尚未適應。

唯一的共同點就是，隨著競賽日的接近，每個人越來越焦躁。連續幾日的練習下來，一無進展；恢復的方法，也是一無所獲。

「唰！」失控的水刃在空中折解，化為一灘水掉落地面。

布拉德惱怒地看著地面，「珠月」的秀眉皺在一起。

「該死！」布拉德怒斥，雖是珠月的聲音，但聽起來仍是威嚇力十足。站在一旁練習幻獸召喚的福星嚇了一跳，咒力失控，魔方陣裡正要成形的低階矮妖就像微波爐裡的雞蛋，瞬間爆漿四散，黃綠色的汁液噴到了站在附近的寒川與丹絹身上。

「賀福星！」惱怒火爆的雙重音響起。

「你鬧夠了沒！」連續幾天沒睡好的丹絹開砲。

「你要給大家帶來多少麻煩！」幻咒消除的寒川，稚氣的娃娃臉看起來非常討喜，但語氣仍十分討厭。「距離交誼賽只剩四天，現在的狀況上臺只會丟人現眼！」

「已經一週了！什麼時候我才能做回自己！」

福星被連續砲轟到無法反駁。怎麼好像有兩個寒川！

「抱、抱歉……」福星怯怯地回應，「芙清正在努力研究解咒的方法……應該很快就會復原……」

「沒關係的，福星。不要緊張……」披著理昂外貌的珠月柔聲安撫，雖然闇血族的膚色本身較蒼白，但此時「理昂」的臉色卻明顯憔悴，眼底布滿血絲，眼下帶著深深的黑眼圈。晝行的蛟族，置入了夜行的闇血族體內，算是一種折磨。

布拉德看在眼裡，火氣跟著爆發。

「你闖的禍總是要別人善後。」布拉德怒斥，「想想你帶給我們多少麻煩了！我真搞不懂，為什麼我們要容忍你的愚蠢！為什麼我會把自己搞到這種地步！」

其他人默默不語，一時間不知如何接話。畢竟，布拉德的話也點出了部分的事實。

抱歉……福星想開口，但是說不出話，他已經道歉太多次了，再道歉也於事無補。嘴巴半張，吐不出半個字，心裡的悔意和懊悔鯁在喉嚨，令人窒息。

他好弱……好爛……

「呵……」輕笑聲響起。

望向聲源，只見理昂以大劍支撐著身子，悠然地冷笑。

「照太多陽光把腦子燒了嗎？闇血族！」布拉德怒吼，「笑什麼！」

「我以為你是他的朋友。」他停頓了一秒，「或者說，『你們』。」

布拉德微愕。

「還是說之前你從他身上撈到不少好處，所以才願意和他混在一起？現在無利可圖就翻臉？」理昂冷笑，目光掃了在場的人一眼，「上回還一起吃麻藥鍋呢，真溫馨呀。」

福星又驚又喜地看著理昂。

理昂是在幫他說話嗎？

雖然內心被感動與詫異給填滿，但他仍忍不住在心中暗忖——

理昂，是麻辣鍋，不是麻藥鍋……

「我才沒那麼卑劣！」布拉德反駁，為自己辯護，「這種低下的事只有闇血族做得出來吧！」

理昂嗤聲，「我不知道你的人格是否低下，至少我確認你的才能低下。」他又停頓了一秒，目光掃了在場的人一眼，「或者說，『你們』。」

「你說什麼——」

「恢復軀體、校際交誼賽，兩個問題卡在眼前。」理昂肅然分析，「如果兩個目標無法同時達成，至少先完成一個。這是基本常識。」

在眾人還不了解狀況時，理昂迅速低吟咒語，召出一道風壁，風壁在極短的時間內變形，化成淺綠色的風刃在空中飛舞，發出銳利的破空聲。

這是風精靈的上乘異能力操控。

當眾人驚訝不已時，理昂繼續開口，「有時間抱怨，不如想辦法解決。換個軀體不過像是換雙鞋，難道你穿了新鞋就變殘廢?狼族的人都如此?」

「收回你的話!」布拉德不服輸地咬牙，凝神，強制壓抑排除掉所有的異樣感，然後抬頭，伸手向理昂甩出了條水鞭。

理昂輕鬆地凝聚風壁擋下，「看來你沒有想像中那麼笨。」接著，目光望向在場其他人，「連這種小狗都能做到了，我想諸位應該也能辦到吧。」

「你找死!吸血蟲!」布拉德被激怒，怒火使得意念專注，強烈的情緒引領出潛在的力量，沉靜在體內的異能力開始竄動，雙腕旁的空氣集結出兩圈高速流轉的水環，水流發出刺耳的聲響，「去!」

水環像飛盤一般，朝著理昂射去。

「鏗鏗！」

風壁在第二道攻擊時綻裂，流刃環劃過理昂的肩，重重地嵌入後方的牆面。

「哇！」布拉德愣愣地盯著自己的手，似乎不相信自己竟能成功操控珠月的異能力。

「看來你沒想像中蠢。」理昂輕笑，冷哼了聲，傲然地轉身離去。

布拉德的成功激勵了士氣，眾人圍上前讚賞，詢問祕訣。

「太厲害了！那樣的流刃環連我都很難使出！」珠月由衷地讚嘆，「布拉德你真了不起！」

被珠月稱讚雖然高興，但對方掛著理昂的臉，反而讓布拉德五味雜陳，「只是恰巧使出來而已……還要練習……」

他望向理昂離去的方向，心中狐疑。

理昂是為了協助他施展力量而故意激怒他嗎？闇血族竟主動幫助狼族？

布拉德忽地發現福星的表情有點怪異，他順著對方的目光向下看，只見理昂方才站立的位置，地上留下了一灘血跡。方才的水刃傷到了理昂。

那傢伙，為什麼不說？為什麼不和他計較？

啊！煩死了！這傢伙，不管做什麼都惹人厭啊！

校園西側，專屬於三年級準畢業生的異能力實作場，是南校代表的練習室，新完工沒多久的空曠教室，有著最先進最完善的設備。

練習室，南校代表們專注地在各個角落的結界內練習各自的競賽項目。艾蜜莉召出了風，劇烈的衝擊波撞上結界內側，發出炫目的光流與聲響；珠玉和海月則是製造出了一條碩大的深藍水龍漩，在空中盤旋衝撞。

穆斯塔和凱爾周旋在十多名武裝式神之間，俐落熟練地擋下來自四面八方的攻擊，並且精準地破壞對方的要害。式神們一一毀滅，化成木偶原形。

羽泰則是成功地召喚出了上級的妖魔，近乎神獸等級的鳥妖畢方。獨腳的青色妖禽在結界內邊飛邊吐出紫橘相雜的火燄。

白泉熟練地操控著狐火，將上噸的鋼柱鑿出五個燒紅的窟窿；瑪格麗則是用咒術召出數十條巨大而色澤鮮豔的毒蛇毒蠍，然後下一秒，一個咒語將它們全部炸成碎片，在極短的時間內焚成灰燼。

兩人的動作相當熟練，但臉色都很差，而且兩人都心知肚明，自己的狀況並不理想。

身為隊長的萊諾爾，察覺到隊友們的心思，打了個手勢，眾人立即停下動作。

「再過兩日就是交誼賽，然而我發現有人心神不寧。」

凱爾和穆斯塔掛著賊笑望向白泉和瑪格麗，後者向對方回以怒視。

「應該說，每個人。」萊諾爾掃視了在場的所有人。

「你確定?」護戎挑眉，輕佻地彈著利爪，「我會把丹絹拖出結界好好調教的。」

「但你上回打到臉色發青都無法在他的防護屏上刮出半道痕跡。」萊諾爾冷冷地點破，「還有妳，艾蜜莉，希蘭上回只用兵器就完全化解妳的攻擊；穆斯塔和凱爾，你們兩個人始終碰不到理昂半吋；白泉和瑪格麗我就不多說了，自己心知肚明；珠玉和海月你們兩個也是，別只顧著玩樂。」

雙胞胎發出了不滿的咕噥聲。

「我說過，用兵之計，攻心為上。我以為只有北校的傢伙才是會被感情左右的弱者……」萊諾爾冷哼了聲，「但我沒想到我的隊友連弱者都無法掌握。」

冰冷的劍刃掃向萊諾爾頸邊，在距離不到一公分處停下。

「收回你的話。」穆斯塔咬牙切齒。

萊諾爾面不改色，漠然地伸出利爪，將劍鋒削斷，接著傲然望向眾人。

「那麼，證明給我看吧。」

布拉德和理昂成功操控異能力，鼓舞了眾人，剩下的幾日，所有的選手閉關，幾乎足不出戶地留在練習場裡苦修，連用餐也是派布朗尼直接外送。

每個人心裡都有些異常的思緒，但都相當有默契地把這些情緒壓下，專心在練習上。

競賽前兩天，夜晚。

「目前為止，幾乎每個人對於新身體的異能力至少都有八成的熟練度。」寒川看著數據宣告著，「被選為代表，本身不會太弱，如果臨場反應配合得好，或許可能似乎應該有機會贏。」

「聽起來非常不肯定……」丹絹嘀咕。

「至少，輸得不會太難看。」

「這句倒是中肯。」

寒川繼續開口，「目前唯一的問題就是——」凌厲的目光射向窩在角落鬼鬼祟祟的福星，「你的召喚咒練得怎樣了，賀同學？」

「呃嗯，有微量的進步……」

「今天又叫出幾隻下級妖獸了？」寒川挑眉，看了福星周遭布滿肉渣和膿汁的地面，「或者說，弄死幾隻。」

下級妖獸大多是沒有主體意識、類似蟲與植物結合體的怪物，雖然位階很低，但是外貌卻非常抑止食欲。

「自己召喚出來的東西要自己吃乾淨唷。」洛柯羅笑呵呵地提議，「這樣子布朗尼就不用每天來清掃了，還可以省下晚餐。」

「洛柯羅，你這麼恨我嗎，這麼希望我死嗎……」看著地面上那些深紫紅布滿青筋的肉塊，以及鮮黃褐綠的黏膜膿汁，福星一陣反胃。

「沒差，反正交誼賽採回合計分制，就算福星那輪輸了，其他八人爭氣點就是了。」

「說的也是。」

福星低下頭，沮喪不已，「真的很抱歉……」

又來了，又是別人要幫他善後……

沒幫上忙就算了，還一直製造麻煩——

他討厭這樣的自己。

其他人繼續回到原位練習。窗外窺看的身影，也沒好氣地輕嘆了聲。

振作點吧，福星。

照理說，子夜的軀體是已完全覺醒的高級變異體，進入這樣的身體之中，應該更能展現能力才是，召喚出窮奇或獅鷲之類的中級神獸，不成問題。

難道是靈魂和肉體的共鳴頻率還未協調？但已經過了十天，未免太久。

別讓他失望啊，福星，他的耐心是有限的。

如果這隻王將無法為他贏得整盤棋，那麼，他會毫不留戀地撤下王將。

甚至毀滅整個棋盤。

中場休息時間，福星坐在角落默默地喝著水。他滿頭大汗，看起來耗費了相當多的體力，但是換來的結果卻不成比例。

怎麼會這樣？他已經很努力了，他照著子夜和教授說的步驟做，專注、集中，他也感覺到體內有能量在流動，感覺到和幽界的靈體有所呼應，為什麼總是叫出些莫名其妙的低階雜魚？

感覺就像費盡力氣、拉竿拉到手破皮起水泡，本以為釣到的是黑鮪魚，但是出現在魚鉤上的卻是海蜇皮。

「流散了……」稚嫩卻呆板的聲音從耳邊傳來，只見子夜不知何時竟坐在他身旁，用妙春的外表，張著無神的大眼看著他。

「啊？」

「你想召喚出什麼？」

「當然是強大的妖獸啊，越厲害越好。」

「名字？」

「呃？什麼名字？」

「只有步驟正確，不會成功……」子夜喃喃低語，「要有確切的目標，想著它的名字和特徵，用意念和對方共鳴，它才會回應你的召喚……」

「你在教我嗎？」

子夜不語。

福星嘆了口氣，雖然子夜難以溝通，但是對方主動來找他講話，就已經夠讓他感動了。

「你的視力是不是不太好啊，子夜。」福星揉了揉眼，「我有時候會看不太清楚。」

「不對，是太好…」子夜閉上眼，「好到有太多不想看的東西都必須看見……」

「啊？」

子夜沉默了幾秒，以極低、極細微的聲音輕語，「你要小心暗中的那位……」

「什麼？」

「他一直在看你……」

福星本想追問，但是話語被一聲巨響打斷。

「砰！」

牆面被鑿出一個大洞。片刻，修復的咒語發動，地面上的碎塊一一浮起補回，裂痕一點一點地消失。

紅葉得意地站在牆前，手中飄著一顆籃球大的淺藍色風球，方才的衝擊便是因她所起。

「很好！」寒川用力拍手，看起來相當激動，「非常好！這樣的異能力操控已趨於上將等級！看來贏得比賽有希望！」

眾人愣愣地看著寒川，這是他第一回如此直接地稱讚人。

看來寒川真的很重視交誼賽的結果。

紅葉看向翡翠，笑著開口，「沒什麼，是因為這個身體資質好。」

「好說好說。」

「雖然沒機會用到那方面的功能，但想必也——」

「咳咳咳！」丹絹用力咳嗽，打斷紅葉將吐出的低級話語，「好了，繼續練習吧！」

紅葉轉頭，本想回嘴調侃，但在看見丹絹的臉時，詫然挑眉。

「看、看什麼？」

紅葉不客氣地倏然伸手，輕捏住對方的下巴，湊過臉去仔細端詳，「不錯嘛，眼影的混色，和珊瑚粉的腮紅配得很好。」她勾起讚許的笑容，「不愧是高材生。」

丹絹撇開頭掙脫紅葉的手，傲然哼笑，「雕蟲小技。這比初級形化概論還簡單……」

「丹絹，你的身體好糟！」洛柯羅突然抱著肚子衝出，打斷兩人的對話，「我才吃七個馬卡龍和三杯蘋果蘇打，肚子就好痛！」

「誰准你這樣胡搞我的身體的！」

「你的身體怎麼這麼麻煩……」洛柯羅呻吟著蹲在地上，「我昨天晚上一直拉肚子，後面到現在還刺刺的，都是你害的！」

「該死的！你這樣胡搞，到時候換進去痛的是我！」

「噗呵。」莫名的噴笑聲響起。只見珠月摀著嘴，全身似像強忍著什麼而微微顫抖。

「珠月，妳不舒服嗎？」福星擔心地彎腰打量對方的臉。

「不、不是……」珠月掛著詭異的笑容，這笑出現在理昂臉上顯得更令人毛骨悚然。

「呃，妳很開心嗎？」笑點在哪裡？

「沒事，什麼也沒有！」珠月燦笑著揮手否認，接著，出於眾人無法理解的興奮，高速揮舞著西洋劍。

練習用的自動魔偶像被丟入絞肉機一般，被刨削成數千片碎渣。眾人瞠目結舌地看著珠月使出高段的劍法，連理昂都露出錯愕的神色。

太強悍了，珠月。雖然不明白是什麼原因促使她突然發猛。

像是不甘落於人後，更像是為了炫耀，布拉德甩出了兩道華麗的水龍，兩注流轉著虹光的水漩左右盤成螺旋，貫穿了實心的鋼柱。

布拉德輕咳了一聲，「不好意思，稍微失控。」

福星一眼看穿布拉德是想在珠月面前表現，忍不住偷笑。

其他幾人的表現也相當傑出，寒川激動得幾乎要噴出眼淚，口中一直唸唸有詞著「太好了太好了」、「應該會贏」等話語。

福星忽然覺得，這樣的寒川還頗可愛的。

眼看大家都已進入狀況，福星原本擔憂沉重的心情也稍微舒緩了一些，但隨即又陷入懊悔和自卑之中。

每個人都適應了新身體，並且表現出色，只有他還在原地踏步……

唉……振作點吧，賀福星！

交誼賽前夜。

相較於前幾日的歡樂和鼓譟，這夜，學園裡被緊張肅穆的氣氛給充滿。每個學生都不敢妄動，經過校代表們的教室和寢室時，全都安靜離開，深怕一個不小心會干擾到對方，影響到出賽時的狀況。

北校的密集訓練在這日正式終止，選手們各自待在練習室或寢室裡休息，儲備體力。

靈魂互換的事，芙清和寒川不斷地研究搜索各種破解方法，卻依然沒有明確結果，這令人心頭彷彿扎了根刺，無時無刻憂煩苦惱。

但，眼前的競賽更令他們在意。

過了明天之後呢？競賽結束之後呢？如果輸了，如果靈魂永遠換不回來了——

這些問題，像薄霧一樣隱隱籠在所有人的心頭。

福星待在子夜的房間裡，盯著已經被他翻到爛的「召喚概論」，裡頭的步驟他記得清清楚楚，但是一直無法成功。

下午他本想去找其他人，但是每個選手的房間外都站滿了要來送東西的學生，他看到翡翠直接在寢室門口掛了個樂捐箱，讓支持者直接投錢進去；丹絹的寢室門口則是站了一群看起來相當斯文、書呆子型的學弟妹；理昂和他自己的寢室外，闇血族的學生以代表生命力與榮耀的深紅玫瑰編成拱形，貼著門框蔓延到走道底。

只有「子夜」的房間毫無改變。空蕩依舊，寂寥依舊，他那萬年不見的室友此刻也沒出現。靜默的房間讓他覺得更加沮喪悲傷，好像回到國中時代，他最討厭的日子……

「叩叩。」門板響起叩門聲，但不等裡頭的人回應，門扉逕自被打開。

趴在桌上的福星回頭，本以為來訪者是同伴。

「呵，還是一樣落魄啊。」不客氣的嘲諷隨著腳步大剌剌地闖入。

「羽泰？」福星微愕。

「呃嗯。」福星瞪大了眼看著羽泰，看著他雙手環胸，高傲地走向自己。

「明天要比賽了。」

「今天沒有練習？」

「呃是。」

「哼，放棄無謂的掙扎了？終於明白自己的無能了？」

「呃是。」

羽泰環視了整個空間，「真是蕭條的房間。你隊友的後援隊幾乎把走廊塞爆，這裡卻像靈堂一樣。」

「呃是。」

「明天好好品嘗失敗的滋味吧！」羽泰挑釁地走向福星，居高臨下地傲笑。

「嗯好。」

面對福星近似敷衍的順從回應，羽泰忍不住挑眉，「嗯哼，學會頂嘴了？」

「呃，沒有。」

老實說，羽泰的出現讓他相當意外，並且……有點開心。

啊，他是太窮極無聊了，還是說寂寞真的會讓一個人發瘋？

「哼！沒出息……」

不知道為什麼，福星突然覺得很想笑，他不自覺地揚起嘴角。

「笑什麼？」

「呃，我不知道……」福星抓了抓頭，「只是覺得你來找我，我很高興……」

羽泰原本掛著輕蔑自傲笑容的臉，瞬間僵硬。

「嘿嘿嘿……」福星傻笑。

「你很得意嗎?!笑什麼！」

「我不知道耶……」他覺得很荒唐，又莫名地溫馨。

他應該討厭羽泰才是，畢竟對方總是主動跑來挑釁、羞辱他，但是心裡卻又覺得怪怪的。不知道為什麼，他無法由衷地厭惡羽泰。應該是有個原因，但他現在很混亂，想不清。看著對方的笑靨，羽泰莫名其妙地亂了方寸，惱怒咆哮，「該死的變異種！」

「你在惱羞成怒嗎？」為什麼？

「住口！」羽泰憤然拍桌，檜木桌面綻出樹枝狀裂痕，「看來你在北校變得更帶種了，很好！這樣我也不必對你手下留情！」

福星眨了眨眼，「所以你原本打算對我手下留情嗎？」聽起來有點貼心呢。

羽泰一時間啞口無言，下一秒，咬牙，沉沉低吼：「等著被碎屍萬段吧……」語畢，甩頭，踩著充滿怒意的步伐離去，留下一臉錯愕的福星。

這傢伙是來幹什麼的啊……

幾乎是同一時間，男宿的另一側，布拉德的房間。

原本被獸族擠得水洩不通的走道，在舍監手握流星刺鎚、臉帶笑容的「溫和」勸說下，一哄而散。

寢室裡，只剩下小花和珠月。趁著空閒，兩人湊在一起分享這陣子的「戰利品」。

「噢噢！這張照片不錯。」珠月抽起「福星」與「翡翠」曖昧的相擁照片，嘴角高高揚起，「翡翠的鎖骨拍得很讚！真是極品！」

「哼哼哼，看過這捲之後再下定論吧。」小花得意地丟出另一本相簿。

珠月拿起相本，小心翼翼地翻開，然後倒抽了一口氣，立即合上，閉上眼，深呼吸，然後嚴肅認真地低語：「這些照片，妳怎麼拍到的……」

這、這！理昂、翡翠、洛柯羅、丹絹、福星、希蘭、布拉德，還有好幾個夏洛姆頂級型男的曖昧姿勢互動照！

超夢幻逸品！

「專業機密。」只是稍微施展了一下Photoshop小魔法。

「我要加洗。」

「哪一張？」

「全部。」說完，豪邁地抽出皮夾，立即付現。

「您真內行……」小花豎指，立即拿起筆在長長的訂購單上添加幾筆。

珠月竊笑著翻閱其他相片。裡頭有些照片並非本人，而是靈魂錯體之後所拍下的，例如她手上這張「理昂」與「布拉德」的自拍合照，貼在照片旁的訂購欄總共劃了十幾個「正」字。

「唉……」珠月嘆了口氣。

「怎了？」

「不知道什麼時候才能復原。」

「嗯哼。既然不知道，去煩惱也不會有所幫助。」

「說的也是……」珠月沉默了片刻，小小聲地開口，「雖然身體交換讓人困擾……」她勉為其難地坦承，「但我覺得這幾天過得頗輕鬆的……」

沒有人來煩她，不用去面對珠玉和海月，還可以自由進出男宿——呃，這不是重點。重點是，她覺得自己變得更自由，更敢表達真正的自己。

「嗯，我了解。」當自己不是自己時，反而才能展現出真實的自己。非常弔詭。「或許是因為藏在另一個偽裝之下，所以反而敢肆無忌憚地展露本性吧……」

「聽起來有點很悲哀吶……」珠月苦笑。

「這沒什麼，每個人都如此。」

「小花也是嗎？」珠月自顧自地說著，「小花看起來總是精明幹練又從容冷靜，完全不在意別人的眼光，真好……」

小花頓了頓，不語。

她當然也有偽裝。看似毫不在乎的從容就是她的偽裝……為了躲避尷尬，不想被傷害，乾脆一開始就表現出無所謂的樣子。

「不管怎樣。」珠月起身，「我覺得這次靈魂互換，說不定也不完全是一件壞事。妳呢？」

「先把明天的比賽解決再說吧。」

Chapter09

學園祭進行曲，火光燦燦

夏洛姆第二十七屆學園祭，在黃昏日落的逢魔之刻，揭開序幕。

學園西側廣場，架起了高聳的環狀階梯式觀眾席，眾目焦點所歸之處，是正中央被數道強力結界鎮守的競技臺；高空之中，結合咒語與科技的巨大方霧，投映著競技場上的所有變動，並把影像傳送給遠在南半球的另一個校區。

四點開始，學生和教職員紛紛入座，到了比賽的前半個小時，座位全被密集的人影和喧囂聲占滿。

夕陽的霞光將雲彩染成斑爛，南北兩校的選手緩緩步入選手席，場內的鼓譟聲沸騰到最高點。然而，當夏洛姆的當家，桑珌的身影在競技場中央逐漸現形時，周遭的喧鬧聲驟止。

主審官一一入座，桑珌開始宣告：「這是夏洛姆第二十七屆學園祭。希望當歲星運行再度行經第二十七次時，它依然存在，所有的特殊生命體在世界裡取得應有的和平與尊重。」

簡潔的開場白結束之後，由主審官，風精靈皇族長老上臺宣布競賽規則。

「比賽採取回合計分制，共分九回合，兩校分別派選手上場，每場二十分鐘，當時間到、出界，或者其中一方無法再戰鬥，比賽便宣告結束。」留著雪白長髮的年老精靈，目光炯炯有神，聲如洪鐘。「第一回合，陸上異能力競技，北校代表，貓妖小花；南校代表，闇血族凱爾。」

身穿黑色勁裝的「小花」起身，觀眾席傳來熱烈的掌聲。

「小心點……」小花提醒，「那傢伙擅長短兵器和暗器，近距離和遠距離攻擊都很危險。」

希蘭淺笑，「非常感謝妳的關心。如果妳能把置物櫃裡第三層的照片銷毀，我會更感恩。」出於意外，他不小心翻開抽屜，看見櫃裡一些遊走於法律邊緣的相片，當中也有幾張的主角正是自己。

小花不以為意地聳肩，「希望那不會變成你的遺照。」

希蘭揚起如朝日般璀璨的笑容，「我這個副會長可不是當假的……」

步上競技臺，希蘭習慣性地環視周圍，微笑著對學員們表達謝意，然而回應他的是數道驚恐的眼神，彷彿看見佛萊迪出現在枕旁的無助少女。

小花，妳到底對大家做了什麼……

「嘖，」凱爾一看見小花上臺，立即掛上不悅和輕慢的神態，「穆斯塔那傢伙真幸運……」

「這算是對我的稱讚嗎？」

「本來對手會是理昂，痛宰夏格維斯家長子還有點意思。」凱爾打了個呵欠，「妳的話，根本沒有戰鬥的價值。我單手讓妳吧，省得別人說我虐待動物。」

希蘭挑眉，臉上的笑容漾得更加燦爛。

「你說的沒錯，穆斯塔真的很幸運。」希蘭邊笑邊緩緩走向場中，「他躲過了在上千人面前被羞辱的悲慘命運。」語畢，在距離凱爾約七公尺處，猛然躍起揮爪。

凱爾並無閃躲，他以為「小花」只是將指爪獸化。然而，獸爪前端竟隨著揮舞而迸射出四道風刃，劃過凱爾的肩。

受到重擊使得凱爾向後退了幾步，勉強穩住重心。

那什麼？異能力？還是巫咒？出乎意料的攻擊，讓凱爾摸不著路數。

希蘭悠哉地伸展指爪，皺著眉無奈地苦笑，「嘖嘖，雖然想手下留情，但還是算了，省得別人說我歧視弱者。」方才的攻擊是結合了小花本身的尖爪與風精靈的異能力而成。

雖然處於不屬於自己的軀體之內，但異能力不只烙在肉體上，靈魂之中也融合著特殊生命體特有的天賦。

「似乎有點意思了……」凱爾收起輕佻的態度，抽出雙刀，一個箭步衝向「小花」，掌中的刀刃迴旋從各個角度來回劈砍，凌厲的招式連續地朝對方擊去。

希蘭利用貓妖敏捷的跳躍力，搭配風精靈的馭風能力，用力一蹬飛躍至半空之中，在插著校旗與各族圖騰的長竿之間穿梭移動，躲過了凱爾的攻擊。

凱爾見近距離攻擊無效，便抽出尖鏢，以強勁的掌力朝「小花」射去。然而，在空中便被爪風給擊下。

「抱歉，我有點累了。」希蘭站在旗竿頂端，閉上眼，享受著吹拂在臉上的風，「速戰速決吧。」

睜開眼，雙目妖化，兩耳向上高聳變成尖尖的貓耳，牙齒也變成獸齒。這是妖力在瞬間被大量釋出的徵兆。希蘭將所有的力量擊中在爪尖，小花的妖力與風精靈的異能力交融，粉白的指爪亮起妖異的紅藍光線。

希蘭瞄準了凱爾，縱身躍下，高速增強了攻擊力，凱爾將雙刃架在面前，準備在接下的同時給予攻擊。

然而，鋼鐵製的鋼刃在兩種特殊生命體的能力下，不堪一擊，瞬間斷裂。

「砰！」巨大的衝撞聲響起，地面陷下，激起一陣塵土。

煙塵散去後，只見凱爾狼狽癱倒在地，「小花」則是略微疲憊地傲立於一旁。

「凱爾無法戰鬥，小花獲勝。第一回合結束。北校奪得一分。」主審官朗聲宣布結果。歡呼聲從四方爆出，希蘭笑著朝大家揮手，緩步踱回選手席。

「幹得好！」

「相當精彩！」

「謝謝。」希蘭謙虛地接受讚賞。

「第二回合，族裔特殊能力實作運用，北校代表，珠月；南校代表，珠玉、海月。」

布拉德起身，回頭看了珠月一眼。

珠月用力地拍拍布拉德的手，「他們雖然看起來是孩子，但潛力深厚，要小心……」

「我會小心不要傷到他們的。」

「不。」珠月立即否決。

「嗯？」

「不用手下留情。」也該讓這兩個傢伙了解一下現實的黑暗面了。

「呃，好的……」布拉德對珠月的轉變感到略微詫異，但這樣的提議正合他的心意。

「布拉德，加油！」珠月微笑，「慶典的晚宴，一起出席吧。」

這句話是小花叫她說的。

講完這句，布拉德的戰鬥力會提高。小花在賽前如此說道。

珠月不太理解原因，反正，既然對比賽有幫助的話，那說說也無妨。

布拉德瞪大了眼，愣在原地，直到主審官第二次叫喚，他才跌跌撞撞地跑進場。

「珠月姐姐好慢！」珠玉抱怨。

「是在發什麼呆呀。該不會是怯場了吧？」海月嗤嗤竊笑。

「雖然是比特殊能力，但是珠月姐姐是治癒系的吧，難不成要表演被我們打傷再自我治療？」

「好遜喔。」

兩個人正絮絮叨叨地聒噪時，一片水扇忽地甩上了兩人的臉，「啪啪！」

「吵死了。」布拉德不耐煩地斥責，「需要被治療的是你們！」

雙胞胎第一次看到這樣的珠月，一時錯愕在地，連臉上的疼痛都忘了，幾秒後，兩人同聲開口，「我要和宗長講！」

「去呀！臭小鬼。」布拉德環胸，「說不定還會得到糖果呢。」

「可惡！」

「珠月姐姐被北校的帶壞了！」

「要趕快幫她改正回來！」

珠玉和海月聯手召出數顆籃球大的水彈，朝著「珠月」射去，而布拉德一一閃過，同時用水鞭將幾顆擋在面前的水彈打散。他的狀況很好，他覺得力量源源不絕地從體內湧出。珠月要和他一起出席晚宴……一起……一起！

「布拉……呃嗯，『珠月』看起來好像很興奮？」坐在選手席後方的福星，忍不住低頭向小花詢問。「發生了什麼事嗎？」

「人因夢想而強大。」小花漠然地丟了個莫名其妙的回答，接著繼續將注意力移回場中。

此時海月正施出水虹，粗壯的水柱在空中劃過一道弧拱，擊向「珠月」。

「珠月」將水鞭一甩，形態轉化為水刃，雙手高舉長刃，將襲來的水柱從中切劃成兩半，劈到水柱末端時，刃形隨之消散落地。

一個旋身才站定，珠玉的水球突襲隨之而來。

眼看即將被水球擊中，布拉德連躲都不躲，直接伸手，以獸族的怪力硬生生地接下這發直球，然後，用力捏爆。

「鬧夠了嗎？」布拉德皺眉，「兩人上場已經夠差勁，竟然還偷襲！太卑鄙了吧！」

「又沒有關係……」

「臭小鬼，閉嘴！」布拉德大吼。

「珠、珠月姐姐？」

「撒嬌耍任性也要有個限度！想要被關注、想要被愛護，不用搞這種小動作！」

「我哪有——」

「還狡辯！」布拉德隨手召出水鞭，用力一甩，發出重重的破空聲，「男子漢不要為自己的軟弱和失敗找理由！」

雙胞胎第一次被珠月這樣責罵，一時不知所措。而坐在另一隅南校選手席中的萊諾爾，聽見這句話，身子微微一震。

「珠月姐姐好凶……」雙胞胎瑟縮在一起，哭喪著臉望著「珠月」。

「不准哭！你們——」

「鈴鈴鈴！」終止的鈴聲響起，場中的三人同時錯愕。

「時間到。比賽結束。」主審官平穩的嗓音，宣告比賽結果，「第二回合，平手。」

「什麼？」

「不是吧！」

「比賽結束，請選手歸位。」主審官不耐煩地瞪了三人一眼，「立刻！」

雖然萬分不滿，但也只能悻悻然地下臺。布拉德臉色很臭，大家都以為他是因為沒得勝而氣惱，但其實他心中默默地為逝去的學園祭晚宴哀悼。

第三回合上場的是「希蘭」和艾蜜莉。

比賽前，希蘭慎重地對理昂交代，「拜託，請手下留情。」

「為什麼？」

「她就像是我的妹妹，我不希望她受傷……」

理昂挑眉，他可以理解這種感受。雖然他覺得同樣都是妹妹，艾蜜莉和他的莉雅相比，差太多了。

「我明白了。」

一上場，艾蜜莉便不客氣地對著「希蘭」叫陣。

「我會向大長老證明我的實力的！」她一邊嬌叱，一邊發動攻擊。

理昂冷臉閃過，虛應故事地回應著對方的攻勢。

好吵……

「這就是你的實力嗎?!北校也不過如此！看來你當年的選擇確實是個敗筆！」

好煩……理昂突然同情起希蘭，有這麼煩人的「妹妹」。還是莉雅可愛……

「為什麼不使出全力！你看不起我嗎？」

始終沉默的理昂終於開口，「是的。」

艾蜜莉惱怒地發動更凌厲的攻勢：「為什麼不回南校！不是說好了要一起的嗎?!」

理昂停頓了一秒，理解了某些事。

「當初約定好的，為什麼反悔！為什麼不照著長老們規劃好的道路走?!」艾蜜莉憤憤然地從空中俯衝，正要對著「希蘭」揮劍時——

「艾蜜莉。」掛著和煦笑容的「希蘭」，柔聲喚著她的名字。

艾蜜莉愣愣，趕緊將刀刃揮向一旁。「幹什麼！」

「我很抱歉，」「希蘭」走向對方，輕輕地拍著艾蜜莉的頭，「讓妳失望了……」

北校選手席裡的人全瞪大了眼，同時將目光集中在「小花」身上。

「呃，那不是我……」希蘭尷尬地開口，「還沒變回來……」

所以，場上的還是理昂？

「他喝酒了？」福星壓低聲音詢問小花。

「不知道。或許他天生就有牛郎的潛力……」

視線再度回到場中，只見艾蜜莉的臉瞬間通紅，但皺著眉，企圖以嚴肅的語氣斥喝。

「少瞧不起人了！」

「別撒嬌了，好嗎？」「希蘭」一邊靠近艾蜜莉，深情款款地看著艾蜜莉。那眼神，讓周圍觀眾席的女學生們揪心倒抽好幾口氣。

「我才沒有！」艾蜜莉不斷後退，努力辯解。

「妳不是為了吸引我的注意，所以才故意使壞嗎？」「希蘭」忽地逼近。

「並沒有！」艾蜜莉連續退了好幾步。

「艾蜜莉，妳知道嗎……」「希蘭」漾起了最燦爛的笑容，彷彿天使降臨一般，震撼全場。

「什、什麼？」

「妳出界了。」

艾蜜莉回首，只見自己一隻腳踏出界外，還來不及反應，主審官的宣告隨之響起。

「第三回合，北校獲勝。」

不理會艾蜜莉的咆哮，理昂逕自步回選手席休息。

「理昂……」

「她沒受傷，不是嗎？」

「但這樣未免——」

福星和洛柯羅打斷了希蘭的話語，「理昂你剛才是怎麼回事？」

「好厲害！好像變另一個人一樣！」

「是啊！我還以為你又喝酒了呢！」

「沒什麼。」理昂不以為意地回答，停頓了一秒，「話說，你怎麼知道我喝酒之後的狀況？」

福星愣了愣，恨不得咬斷自己的舌頭。他將目光投向小花，但小花完全不打算插手相救。各人造業各人擔。

「呃嗯，這個——啊！比賽開始了！快看！」福星使用聲東擊西，成功引開理昂的注意力。

呼，再度脫險！

第四回合是「翡翠」對決瑪格麗。

一上場，火藥味十足。

「聽說你和母狐狸混在一起？真糟糕。」

「干妳屁事，臭三八。」紅葉不客氣地回嗆。

「還在氣當年的事嗎？」瑪格麗改採柔情攻勢，「我知道我錯了……我也很後悔，但我會那麼做，其實有不得已的苦衷……」

「什麼苦衷，不就是犯賤嗎。」想在她面前裝可憐？呵。她可是狐狸精紅葉，了解所有男人的心思，精通所有壞女孩的招式！

瑪格麗臉色驟變，「你真的變了，變得很沒品！」

「為了配合妳啊，大嬸。」

劍拔弩張的戰鬥隨之展開，巫咒的煙霧和風精靈的風咒此起彼落，炸出各色光雨，迸出無數巨響。

最後，紅葉趁瑪格麗施法吟誦咒語時，弄出道龍捲風把對方掃出場外，贏得勝利。

「你竟然敢這樣對我！」瑪格麗狼狽地從地上爬起，擋在「翡翠」面前。

「先想想妳之前是怎麼對我的吧。」紅葉巧妙回應。她雖然不知道翡翠和這三八之前有啥過節，不過，以她的經驗推測，瑪格麗應該是做過讓翡翠非常火大的事。

瑪格麗的臉色頓時變得很難看，並且不再說話。

第五回合，白泉對戰「紅葉」。

似乎是因為那一晚的緣故，白泉一上場，便毫不客氣地連攻，全力以赴。

丹絹雖然已習慣紅葉的身體，但是仍無法像紅葉本人那般如此熟練地操弄狐火，撐到比賽最後三分鐘時，被一記炎波擊出場外。南校贏得第一場勝利。

「抱歉，我輸了。」回到選手席，丹絹自責地開口。

「沒關係。」紅葉盯著丹絹身上的傷痕，忍不住輕笑，「嘖嘖，竟然能讓白泉認真地使出全力，呵，看來你真的激怒他了。」

「應該的。」丹絹勾起嘴角，「妳有聽見上場時，一群女生對他大喊變態嗎？」

「有。相當悅耳。」

兩人互視，接著同時笑了起來。

第六回合，萊諾爾對戰「布拉德」。

小花和萊諾爾使出渾身解數，彼此以競技體術過招，拳腳往來速度之快，看得眾人眼花撩亂，撲朔迷離。

兩人不相上下，「過癮」是兩人在決鬥中共同的感受。

最後，鈴聲響起，終止了這場難分難捨的對決。

第六回合，平手。

第七回合，是護戎對戰「丹絹」。

洛柯羅從進場就張開堅固的防護咒，悠哉地坐在原地任由護戎在陣外叫囂，對著防護屏施展各種攻擊。

按照戰略，洛柯羅再度拿下平手的話，北校的戰況，最差也都能拿個平手。但在比賽進入第七分鐘時，洛柯羅卻因為賽前吃了六個豆沙包，突然腹痛如絞，便頭也不回地起身衝出會場，直奔廁所，留下錯愕不已的眾人。

第七回合，南校在莫名其妙的狀況下，再度拿下勝利。

比賽第八回合，由穆斯塔對戰「理昂」。

原本攻守得宜的珠月，卻為了閃避一記攻擊，失足躍出場外。北校含恨抱下第三次敗北。

學園祭交誼賽，進入尾聲。

第九回合，羽泰對戰「子夜」。

目前競賽比數，兩回平手，兩校各三勝三敗，不相上下。最終場的對決成了決定總成績的關鍵。

「第九回合，異獸召喚。南校代表，羽泰；北校代表，子夜。」

福星僵在原位，覺得四肢發麻。眼前的局面壓得他反胃想吐。

怎麼辦……他竟然成了北校勝敗的關鍵……

要是輸了怎麼辦？這是很有可能的事！到時候不僅丟了北校的臉，更重要的是，他讓隊友的努力全都白費——

他從沒面對過這麼大的場面！他討厭這樣！他習慣躲在暗處，不喜歡直接站在臺前粉墨登場。他、他根本不是當主角的料啊！

他覺得胃開始抽痛。他好想逃跑。

「北校代表，子夜。」主審官再次出聲催促。

福星動了動身子，想起身，但是他發現自己竟然緊張到無法站起。

他想逃……

溫熱厚實的手掌搭上他的肩。福星回頭，只見「希蘭」一臉嚴肅地望著他。

「別想太多……」理昂低語，「這沒什麼。」

福星眨了眨眼。理昂在鼓勵他？

「你很努力了。」珠月也用理昂的大掌溫柔地拍拍他的肩，「這幾夜辛苦你了。」

「你們知道？」

「是我說的喔！」洛柯羅才從廁所回來，就放肆地繼續吃著甜筒，「上次去找你，我看見你趴在桌上睡著。」

福星有點驚訝。這是什麼時候的事？他完全不知道洛柯羅來找過他——啊，不對，那包消失的餅乾間接說明了一切。

「我還拍了照。」小花適時地遞出照片，「『子夜』的睡顏看起來不賴。」

「小花……」

「真是的，每次都要別人擔心。」布拉德沒好氣地皺眉，「幹嘛默默地躲起來偷練啊！我們又不會笑你。」

「你前天才說我的練習是在破壞場地整潔。」

布拉德愣了愣，惱羞開口，「那不算嘲笑，是陳述事實！」

「不用緊張啦！」翡翠從口袋掏出一大把護符，一古腦地塞到福星的懷中，「吶，這個是上族神靈加持過的護符，是真貨！拿去用吧！」

福星吶吶地接下護符，「免費的？」

「只是暫時借你而已！今天不收租金。」

「你剛說『真貨』是什麼意思？」丹絹冷冷地質問，「難道說我以『友情價』花了七・五歐元買回的護符是假貨？」

「呃！」翡翠一時結舌，「真與假是一種相對的概念……說假貨太嚴重……只能說你的護符沒那麼真……」

福星忍不住笑了出來。心中的壓力和煩悶不知不覺地消散。

「北校代表，子夜，請上場，否則棄權！」不耐煩的催促聲再度響起。

「去吧。福星。」紅葉笑著將福星拉出座位，「我們支持你。」

福星看了看隊友，深吸了一口氣，轉身，踏上競技臺。

「怯場了？看看你給大家耽誤多少時間。」羽泰的嗤笑相當有效率地響起。「何不乾脆棄權比較省事，也比較安全？」

「我不會棄權的。」福星堅定地開口。

即使沒勝算，即使會失敗，他也會堅持到最後一刻！

羽泰挑眉，「那就讓我見識你的能耐吧！」說完，立即單膝跪下，開始低吟召喚的咒語。

福星也跟著動作，集中精神，重覆著他已操練過上百遍的步驟。

數秒後，羽泰和福星的面前同時浮現出一道直立著的光門，方形的次元開口內，流轉著繽紛的光波。

眾人屏息觀看。只見羽泰面前的光門，妖鳥畢方正緩緩地伸出雪白的嘴，接著是青藍色的身軀。

「嘎——」畢方翔天，朝著福星吐出靛紅相摻的妖燄。

「噗嚕嚕嚕嚕——」福星面前的光門震了震，像拉肚子一般噴吐出了一大堆深褐暗綠的塊狀黏物。

「那是什麼？好噁！」

「是下層妖獸！低階中的低階！」

「怎麼叫出這種東西?!」

「但是……能一口氣召喚出這樣的數量，也是不容易的事……」

喧譁交談聲在觀眾席響起。

場內，低階的下妖像洪水一般沖湧而至，擋下了畢方的火燄，也衝向羽泰，打斷了他的咒令。畢方嘶吼了一聲，被吸入光門中。

福星勾起嘴角，「質不行，就用量取勝吧！」

羽泰怒不可遏，「你搞什麼鬼！」

他憤然衝向福星，以衝擊波打斷了光門，如海潮般的下妖慘叫著被吸入破裂的光門之中。

「召出這種下妖很得意嗎?!你當這場交誼賽是什麼！」

「這、這是我的戰術……」面對羽泰的憤怒，福星忍不住退縮。

「這什麼都不是!你是在作踐你自己的能力!敗壞家族的榮譽!可恥！」羽泰迅速召出兩隻凜燕，朝著對方噴射冰霧。

福星不甘示弱地再度召出雜魚眾，下妖築起的屏障遇到冰霧，全部凍成冰雕。

「幹嘛一直針對我!我哪裡惹到你了！」

「全部！」羽泰喚出雷猿，閃電隨之劃空落下，將下妖劈成碎燼。

「為什麼一直找我麻煩!你真的很無聊！」

「為什麼不檢討你自己有那麼多麻煩給別人找！」

「既然這麼討厭我，何不直接忽略我算了，把我當空氣啊——」福星突然噤聲。

他發現了某件事。

每個人都躲著子夜，把子夜當成空氣，用冷漠的眼神看他，希望他消失——

只有一個人例外。

每節課都跑來和他講話，每天都費盡心神地找到他，然後高傲地斥責他。就是羽泰。

羽泰雖然總是對他說些討人厭的話，但卻從未希望子夜消失。羽泰只是責怪他，而不是無憑無據地羞辱、汙衊子夜。

他知道為什麼羽泰總是生氣，因為子夜對周遭發生的事總是無動於衷，被罵被冷落被欺負都默不作聲，靜靜承受。

「發什麼愣！」羽泰斥喝，「別又一臉呆相！」

福星突然笑了，由衷地笑了，這樣的笑靨在子夜臉上綻開，竟出人意料的——令人心動。

觀眾席裡有不少女生倒抽了一口氣，小花手中相機的快門聲接連響起。

「笑什麼！」

「你在關心子夜。」雖然方式很詭異。

難怪，他無法真心地討厭羽泰……

「你、你少胡扯了！」羽泰的語氣充滿輕蔑，但臉上的表情卻像是被揭穿祕密一般不安而漲紅。

「你是子夜的朋友。」福星呵呵地笑著。

「住口！」羽泰憤聲咆哮，咬牙，凝聚全身的力量，召喚，與幽界的強大靈獸共鳴。

周遭的空間開始震動，異常的氣息開始蔓延。

福星發覺不對勁，趕緊改口，「呃嗯，我不講就是了，不用惱羞……」

羽泰的面前再度出現光門，這次的光門比方才更加巨大，幾乎有一層樓高。

擁有九顆頭的怪異赤鳥，翩然飛出。

「是九鳳！」觀眾席傳來驚呼，「竟然召得出守護神獸！太厲害了！」

這、這哪招……福星愣愣。

九鳳在空中悠然盤旋，身邊飄浮著妖異的光燄，它緩緩旋身，定睛在福星身上。

「轟！」

長長的火柱從其中一顆頭噴射出來，福星趕緊閃躲，雖沒被火燄碰到，但火燄高溫仍使衣服燒焦，肌膚燙傷。

其他鳥頭也跟著發動攻擊，雷、火、冰、水、毒，此起彼落地朝福星發射。

福星滿場跑，一邊躲，一邊無力地召出下妖幫他擋下攻擊，一時間，場內被碎爛的肉塊遍布。

「認輸吧。」羽泰看著不斷喘息、身上布滿傷口的「子夜」，冷冷開口。

「不要！」他絕不認輸！

「那就別怪我無情。」

結合著冰與電的長波，射向福星，打散了下妖組成的屏障，重重擊向福星的肩。

「啊！」福星忍不住哀鳴，向後倒下。

選手席中，北校所有的代表同時站立，想衝上前去救援。

「競賽中禁止他人干涉。」主審官冷冷提醒。

「已經夠了！」布拉德擔憂地看著伏在場中匍匐掙扎的福星。

「算我們認輸，請終止比賽！」紅葉大吼。

「除非參賽者無法戰鬥，否則比賽繼續進行。」主審官冷冷回應。

被打倒在地的福星翻過身，努力地想爬起，但肩頸上的劇痛讓他無法使力。

「快點認輸吧，」羽泰雙手環胸，居高臨下地瞪著狼狽的「子夜」，「你在堅持什麼？」

「我不想再當個沒用的廢物……」

「但你仍然是。」

福星重咳了一聲，吐出些血塊，「至少我努力到最後……」

「有用嗎？」羽泰惱怒地斥喝，「你連一般妖獸都召不出來！退化成這樣誰看得下去！」

福星不語，靠著一手撐起身子，半跪在地，用力地喘息著。

他絕不認輸……要堅持下去……

遠處高塔上，置身事外的觀看者，揚起了讚賞的笑容。

……這樣才有資格當他的王將。

福星集中注意力，想再度召喚，但這回他連最下階的雜妖都叫不出，感覺就像將手伸進水裡，撈了半天抓不住任何東西。

「唉……」難道就這樣結束了？

「重來一次。」子夜的聲音忽地在腦中響起。

福星愣了愣，發現自己的指環正透出隱隱的金光。

「回想我上次說過的……」透過傳音功能，子夜的聲音悠悠傳入耳中。「要有明確的目標，那頭才會有所回應……」

福星忍不住苦笑。

真可惜，他不認識半個幽界的居民。

呃，不對——他有印象，他好像和幽界的傢伙有過一面之緣。

當他還是新生的時候，在萬聖節的那一晚，禁忌之塔上……

福星開始回想著那晚的記憶。

它的聲音像雷一樣既渾厚又刺耳。

它的味道帶著燒焦的硫磺味，聽說那是地獄的味道。

能量在體內流轉，雖然沒開口，但複誦過上百遍的召喚咒令自動在腦中繚繞盤旋，隱隱啟動。

次元之扉在福星面前展開，扭曲不成形的光洞，流洩出令人不安的混沌光影。

競技臺開始震盪，地底和空氣中發出破裂不穩定的撕裂聲，震盪蔓延，連觀眾席都開始震顫，不安而恐懼的氛圍隨之擴散，惶恐的低語如潮水迴蕩。

羽泰緊張地瞪著福星眼前的光門，心中也充滿了不安，但仍故作鎮定地站在原地。

它的身軀像座小山，黝黑而壯實，它擁有獅子的頭、公羊的身軀、蛇的尾。

它是空間裂縫的守護者，名為——

福星開口，低喚，「柯梅拉。」

「吼——」

陰沉的咆哮震耳欲聾，扭曲變亂的空間之門被撕扯開，巨碩的身影傲岸降臨。

在場的所有人被恐懼給籠罩，學生們想逃，但卻又被震懾在原地不敢動彈。師長與外賓們全起身，不可置信地瞪著這搶眼奪目的恐怖存在。

「這傢伙在搞什麼?!」

「他把夏洛姆的空間守護者叫來了！」

坐在選手席後方的子夜，略微詫異，但仍然一派冷靜，因為他知道暗中窺看的「那一位」，不會讓事情不可收拾。

遠方高塔上的窺伺者，樂不可支地擊掌，彷彿看了一場最精彩的演出。

太棒了！真有你的，福星……

悠猊笑瞇了眼，彷彿看見他一手策劃的棋局一步一步地走向勝利的終點。

柯梅拉出現後，狐疑地左右環視了一圈，似乎對自己被召來此地感到不解。最後，流轉著黃燄的眼眸，聚焦在羽泰召喚出的九鳳身上。

敵人……

柯梅拉認定目標後，毫不遲疑地發動攻擊，獅口大開，紫橙相間的燄球在口中凝聚。

面對突然出現的強勁對手，九鳳顯得有些慌亂，連連向對方吐出攻擊，但這樣的舉動沒給柯梅拉帶來太多損傷，反而更加激怒它。

「嘎吼！」

巨燄轟向九鳳，九鳳的羽翼被炸出個窟窿，焦黑的羽毛在空中飛散。

巨鳥發出慘叫，拖著殘破的身軀，狼狽地竄入光門，逃回幽界。

九鳳消失後，柯梅拉將注意力轉向在場的其他人，對著場地防護結界發動攻擊。厚實的結界受到連續的劇烈攻勢，泛起了紅光，幾處甚至綻出裂縫，雖然如此，但依舊未崩解。

觀眾開始騷動，人潮開始向外退散，恐慌的驚叫接連響起。

在遠側躲避攻擊的羽泰，對著「子夜」大吼，「你已經證明你很強！夠了吧！快把它弄回去！」

福星無力地坐在地上，彷彿全身的力量都被抽空，隨時都會失去意識，他勉強撐著眼，

「我不知道怎麼做……」

他好累喔……

最後，柯梅拉將目光射向召它來這個空間的冒失者。

「嘎——」憤怒的嘶吼震耳欲聾，深黑色的燄球在嘴中再度聚集，對準了「子夜」。

「小心！」北校選手席的所有選手，心臟同時揪緊了。

會死！福星會消失——不能讓這種事發生！相同的強烈意念，同時在眾人心中浮現。

黑燄凝結完畢，轟向了「子夜」的所在地。

「刷！」

九道有如閃電一般的人影，衝入場中，巨燄落地，撞向看不見的堅固屏障，被打散。

「沒事吧！」洛柯羅扶著福星，厚實的手掌拍打著他的臉，「吶吶！這裡有糖！給你吃給你吃！不要睡！」

「不是塞了護符給你！怎麼不啟動！那個可以張開三十秒的絕對防禦！你在蠢什麼！」翡翠皺眉大罵，翠綠的眼眸裡充滿了擔憂。「不是說不收租金了嗎！」

福星偏頭，眨了眨眼，「洛柯羅、翡翠，你們變回來了？」

被福星一點，眾人愣愣，赫然發現每個人都回到屬於自己的軀體當中，除了福星、子夜和妙春彼此還在對方體內。

「嘶——」

沒時間高興慶祝，洛柯羅等人張起的防護屏發出破裂聲。

「那是我叫出來的耶……」福星頭暈腦脹，迷迷糊糊地呢喃，「怎樣？我沒讓北校丟臉吧……」

子夜緩緩地走向福星，一手按向「自己」的額頭。「什麼都不要想。」

福星閉上眼，感覺到額頭有股暖流湧入，接著，他覺得自己好像失去了重量，飄起，然後又悠悠降下。

再度張開眼，身上的疼痛完全消失，低頭看，只見他已回到自己的身體。望向身旁，只見子夜忍著疼痛，傲然起身。

「接下來就交給我吧。」

柯梅拉見攻擊無效，憤怒地在空中高速盤旋，渾身泛起妖異的火燄。

「嘎——」柯梅拉向下俯衝，打算將眾人直接送入地獄。

子夜握住髮尾，將指頭化為鳥爪，將長長的白髮斬斷，接著將雪白的髮絲拋向空中。

「開。」他輕喚，髮絲在空中連結成網，網洞融合成一個大圈，向上朝柯梅拉套去。

彷彿變魔術一般，當柯梅拉穿過白環時，整個軀體沒入空間裂縫，瞬間消失，回到屬於自己的幽界裡。

場內回復寧靜，彷彿什麼事都沒發生過一般，只剩地面上冒著焦煙的坑洞，訴說著方才戰鬥的驚險。

「呃，結束了？」福星不確定地詢問。

「應該吧……」布拉德環視了殘破不堪的場地。「反正場地也爛了不能比。」

眼見風波平息，逃離到一半的學生們一一返回觀眾席。眾人靜靜地看著場中，不知如何反應，更不知道比賽結果如何？

主審官起身，緩緩走向競技臺。

「相當出色的表現。」他看了看北校的代表們，定睛在子夜身上，「我第一次看見有人能直接喚出柯梅拉。雖然中途有些失控，但收尾那招相當傑出。」

他彎腰拾起子夜的白髮，惋惜地開口，「嘖嘖，玄鳥族的毛髮附有高度的靈力，變異種的靈力更是超凡，留了這麼長，卻全都斬斷了……」

「沒差，反正夏天到了。」子夜不在乎地開口。

主審官盯著子夜，輕笑出聲，回首面向觀眾，朗聲宣布競賽結果——

「第九回合比賽，由於雙方的召喚獸都已遣返，而且參賽者皆無法再進行比賽，因此，本回合無勝無負！第二十七屆夏洛姆學園祭交誼賽，平手！雙方都是冠軍！」

場內沉靜了一秒，接著爆出歡呼聲。

特殊生命體對所有比賽的結果都給予絕對尊重，不管結局是輸是贏都完全接受，可說是全世界最有品的觀賽者。

折騰了半天的夏洛姆學園祭交誼賽，就此落幕。

北校與南校的選手們都被當成英雄一般，被眾人擁戴著迎回，一直鬧到深夜才休止。

珠月拖著疲憊的身子返回宿舍時，正好在轉角處碰見芮秋。想起上回不歡而散的場景，珠月尷尬地向對方點點頭。

「妳是真的珠月吧。」芮秋笑著打量著珠月。

「嗯……」珠月低頭，想趕緊逃回寢室。

「比賽打得不錯。」

「嗯？」珠月詫異地看向芮秋，「呃，謝謝。」

「雖然我討厭妳的怯懦，」芮秋毫不掩飾地率直坦承，「但我欣賞妳。」

珠月挑眉，不甘示弱地低語，「我也是……」然後，快步離開。

芮秋但笑不語，從容返回寢室。

這場混亂不斷的交誼賽，有些事被理解，有些人開始成長，開始改變。

Epilogue

沒完！

下回繼續學園祭！

「那，後來是怎麼換回來的呀？」

黃昏時刻的醫療室，坐滿了客人。

福星、子夜和妙春肩並肩地坐在病床上，啜飲著洛柯羅特調的感冒糖漿加可樂少冰，這三個人自從靈魂互換之後，莫名其妙地總是湊在一起行動，變成三人組。洛柯羅則是不知道從哪裡翻出一包仙楂餅，自顧自地吃了起來。

「我記得這裡是醫療中心，不是交誼廳……」芙清冷冷地低語。「會交換回來，應該是靈魂彼此共鳴的緣故吧。在那個當下，你們每個人以專注的意念想著同一件事，因此錯位的靈魂震盪，再度不穩定，接著就脫離異體，回到自己的軀體之中。」

「是喔？」福星愣愣地開口，「但是我那時差點昏迷，只希望自己別死而已，應該不算吧。」

眾人不語，彼此互看了一眼。

在福星快被攻擊的那一刻，每個人想的都是同一件事——

他們不要看到福星消失。

「你們那時在想什麼？」福星好奇地發問。「吶吶，告訴我嘛？」

「不告訴你！」

紅葉和妙春笑呵呵地賣關子。

理昂、翡翠、丹絹立即撇開頭，布拉德則是不耐煩地開口，「管這麼多幹嘛！反正換回來就是了！」

「為什麼要搞得這麼神祕？」啊，越不讓他知道他越想知道啊！

「希望比賽快點結束。」小花冷冷地丟出了個聽起來相當合理的藉口。「歹戲拖棚，不想看。」

「對對對！」

「就是這個！」其他人趕緊附和。

「這樣喔……」福星感到無趣地皺了皺眉，「珠月呢？」

「班代被集合，她等一下才能過來。」

「刷！」門扉倏然被打開。

眾人回首，本以為珠月到來，但出現在門邊的是──

「萊諾爾、珠玉、海月、羽泰？」

「你們來幹嘛？」丹絹臭著臉瞪視。

「來找珠月姐姐！」

「路過……」羽泰跟著開口。

「我來拿藥布。」萊諾爾看向布拉德，「手勁不賴，看來你離家之後有所成長。這樣才算阿爾伯特家的一分子。」

布拉德不好意思地低下頭，難得聽到兄長的稱讚，但他知道萊諾爾稱讚的是靈魂錯體時的小花。

萊諾爾張望了一會兒，「那個蛟人不在？」

「你是說珠月？」布拉德訝異。

「是的。她也表現得不錯，能將雙胞胎修理成那樣的人不多。」

布拉德驚喜地看著萊諾爾。這是他第一次得到讚賞，雖然萊諾爾並不知道那時的「珠月」其實是他。但隨即陷入警戒地盯著萊諾爾，「呃，你對珠月該不會……」

「不用擔心，我不會亂動別人的『東西』。」萊諾爾朝布拉德露出會心的賊笑，接著逕自走向辦公桌旁，順手拉了張凳子坐下，笑看著芙清。「妳是校醫？」

「是。」芙清撐著頭，冷然回視。「怎麼，有病？」

「呵呵，真凶悍。」萊諾爾朗笑，接著直接切入正題，「要一起去嗎？」

「啥？」

「學園祭的月光晚宴啊。」

看著眾人一臉呆滯，萊諾爾挑眉，「你們該不會忘了吧？」

「呃，對喔……」福星擊掌，「交誼賽結束之後還有慶典和晚宴啊！」

「真麻煩，一定要參加嗎？」

「總之。」萊諾爾撇開眾人的雜語，再度笑著對芙清提出邀請，「有榮幸請妳一同出席嗎？」

「我記得你今早才說要約吉妮雅。」羽泰冷聲提醒。

「那是之前，」萊諾爾始終盯著芙清，「進來這裡後，我改變主意了。」

呃！不會吧！萊諾爾竟然對芙清有興趣?!

「怎麼，意下如何？」

芙清揚起嘴角，「前提是，你的身體願意讓我研究的話……」

福星和布拉德對望了一眼，露出不安的神色。

看來，才安定不久的夏洛姆，將再度被未完的學園祭掀起風波騷動了。

——《蝠星東來Ⅲ妖怪的混亂學園祭》完

未成年的稚嫩肉體
卻藏著成年的祕密・下

寒川覺得不習慣。一種莫名的不自在，輾轉難安。

這不是他第一次進學生宿舍。他來過很多次，他的出現總會帶給宿舍居民慌亂與措手不及。

這是第一次，他的出現沒有帶來任何的騷亂與驚惶。

這也是第一次，他睡在學生宿舍裡。

他睜著眼，看向窗外。夜空中星光閃動。

空氣傳來陣陣細小的聲波震動，傳入他的耳中。

夏洛姆的隔音設備很好，但是身為特殊生命體，五感本身就比一般生物來得敏銳，更別提像他這樣的資深教授了。

他聽見不少聲音。嚴格來說，細小的雜音對他構不成任何影響，他在教師宿舍時，也會聽見外頭的蟲鳴鳥叫、飛禽走獸聲。但此刻，他卻忍不住在意。

學生走動聲，交談聲，隱微的笑鬧聲，以及莫名的重摔敲擊聲。

寒川皺眉。這是在破壞校內公物嗎？

牆上的鐘顯示凌晨兩點。

都這麼晚了還如此放縱……昇平久了，這些學生一屆比一屆輕浮無知。

他年少時，夏洛姆尚未成立。那時候的世局動亂，人類的戰爭影響到特殊生命體界，他太早就見識到了世界的殘酷面，太快越過青澀，進入成熟老練。

他未曾對過去有什麼留戀或遺憾，那些經歷造就出了他強韌的意志和絕卓的戰鬥力。

除了這受詛咒的外型，他很滿意現在的自己。

他輕視自己的學生，覺得對方未經歷過真正的大戰，見識過真正的悲慘。

一陣悶沉的哄笑聲從上方的樓層傳來。

寒川眨了眨眼。

有什麼事能這麼好笑？都這麼晚了，真不知檢點……

心裡嘀咕著，但心思卻忍不住留意著笑聲。然後毫無自覺地好奇著。

「嘶……」

床區外頭的客廳，傳來了些許聲響。像是從喉嚨深處發出的低吟，又像是深淵傳出的回音。

什麼東西？是洛柯羅嗎？那傢伙還沒睡？在搞什麼——

寒川腦中想起之前半夜接獲舉報、臨檢學生宿舍時的經驗。

那傢伙該不會帶女人回房了吧！就算夏洛姆的規矩是只要不觸動警報就沒事，但他現在也在寢室裡啊！好歹顧慮一下他的存在吧！

寒川皺眉，在心裡咒罵了幾聲，接著跳下床，走出房門，打算興師問罪。

但當他踏出房門的那一刻，不由愣在原地。

客廳是一片昏暗，唯一的光源是窗外投入的星光。

黑暗中，一頭黑色的巨犬蜷伏在客廳的地面，體型大得驚人，有著一身漆黑發亮的毛皮。黑暗中，寒川隱約可以看見，巨犬的頸邊有著不自然的隆起，但因為對方實在太過巨大，他看不見另一側是什麼樣子。

側靠在地上的犬頭，雙眸閉著，嘴巴微張，隨著呼吸而微微顫動。

空氣中，傳來燒灼的味道，參雜著細微的硫磺味。

有如地獄一般的暗黑氣息。

就只是這樣的驚鴻一瞥，便讓寒川的心底瞬間被恐懼給攫掠，他下意識地閉上了眼。

但不到一秒，他便老練地克服了本能的懼意，睜開眼，打算把那東西看個清楚仔細。

雙眼再度聚焦，只見房裡的黑犬消失無蹤，那股焦熱的氣味也消散，被食物的甜香和花香給取代。

地面上有個人影。那是洛柯羅，他側躺在地上，身上只穿著條寬鬆的睡褲，懷中摟著懶熊的抱枕。

寒川瞪大了眼。剛才是怎麼回事？他明明看見有隻大狗……

地上的洛柯羅睡得非常香甜，和神經質的他呈對比。

難不成他看到幻覺？這該不會是咒語的後遺症吧……

他心有餘悸地咽了口口水。

歌羅德說的沒錯，他確實不懂巫毒。這次沒丟了性命算他運氣好……

寒川甩了甩頭，把思緒拋到一旁。然後，將注意力放回眼前的景況。

他看著側躺在地的洛柯羅，不解。這傢伙為什麼不躺到自己的床上？

寒川看了看躺在地上的洛柯羅，順著對方腦袋的方向往後看。

對方的頭，正面朝著自己的床區。

我一直都是一個人住，這是我第一次有室友！寒川是老師，沒辦法當我室友，沒想到現在竟然成真了！

洛柯羅興奮的話語，在寒川腦中響起。

寒川頓時了然，但同時也更加不解。

只是室友而已……能一個人占用一整間房，不是更好嗎？他住在教職員的單人小屋就挺愜意的，從來不會想要有室友。

寒川沉吟，困惑和茫然，讓他一時失神。

他看著露出肚子的洛柯羅，再看向那扇敞開著不斷送入夜風的窗。雖已三月，但春寒料峭，凌晨的夜風雖不至於凍骨，但也稱不上是溫暖。

寒川皺起眉。都多大的人了……

他盯著地面上的洛柯羅，片刻，轉身走向洛柯羅的床區，從對方那堆滿雜物的床上挖出棉被。

接著，走回客廳，露出非常不情願的表情，把棉被丟到洛柯羅的身上。

「感冒的話會影響其他同學，干擾上課……」寒川嘀咕，解釋著自己的行為動機。

他在說給他自己聽。若不這麼做，他會覺得尷尬羞恥不已。明明屋裡只有他一個人清醒著，但他卻覺得，他塑造出那個理想中的自己，是另一個人，如影隨形，監看嘲笑著他的一舉一動。

棉被覆蓋在洛柯羅身上，將他整個人從頭到腳蓋住。

棉被的一角，露出了一截瞇著眼的茶色熊頭，看起來就像是小熊自己蓋著棉被安睡一樣。

寒川看著那抱枕，內心泛起不軌的騷動。

「這樣的姿勢會落枕，要是這傢伙歪著頭去上課，其他學生一定會騷鬧不已，也會影響上課……」寒川板著臉，再次小聲嘀咕。

然後，他彎腰，小心地伸手，揪住了抱枕的一角，向後施了施力，想將抱枕抽出。但洛柯羅抱得比他預想來的緊。

寒川沒轍，只好伸出另一隻手，像拔蘿蔔一般，用盡力量向後扯。

白色的棉被小山忽地劇烈起伏。寒川手中的抱枕，也跟著搖動。

呃?!

寒川趕緊鬆手，但遲了一步，抱枕的彼端被一股更強大的力道拉扯，使得寒川連人帶枕被拉入棉被底下。

劇烈的動作讓棉被有如海浪一般掀起波瀾，片刻靜止，變回雪白的山丘。

棉被底下，兩個人躺臥在地。

寒川抱著懶熊抱枕。

洛柯羅抱著寒川。

兩個人都抱著自己想要的抱枕。

但眼前的情勢讓寒川非常尷尬難堪，他一面在心裡咒罵自己，一面用力想掙脫，但洛柯羅的手勁比他預想中來的強。

這傢伙不是睡著了嗎？怎麼還那麼有力！難道是在裝睡?!

「喂！」寒川低喚，用力地拍了拍洛柯羅的臉，「放開！這不有趣！」

俊美的睡顏微微蹙眉，有著細密睫毛的雙眼緩緩睜開。

洛柯羅一臉茫然，眼神迷濛，看起來完全搞不清楚狀況，一秒後，發現寒川在自己面前，便發出陣幸福的暖笑，「是寒川……」

那樣的笑容讓寒川微微一震。

他終於了解到洛柯羅的魅力有多大的殺傷力。

面對這樣耀眼的笑容，很難生氣。

洛柯羅更清醒了些，他轉頭張望，看著罩在自己和寒川上方的棉被，新奇地開口，「這是什麼？我們在露營嗎？這是帳篷嗎？寒川特地幫我搭了帳篷，要給我驚喜嗎?!」

洛柯羅欣喜不已地說著，讓寒川感覺到一陣帶著羞窘的不自在。

「只是棉被而已。」寒川淡然回答。

「原來是用棉被搭的帳篷呀……」洛柯羅依然興奮不已。

「不是帳蓬，只是棉被！蓋在你身上的棉被！」

「這樣呀……」洛柯羅點點頭，稍微冷靜了些，但臉上仍掛著暖笑，「所以，寒川關心我，晚上特地起來幫我蓋被子嗎？」

「並不是！我沒睡，這只是舉手之勞罷了，我可不希望你影響上課。」寒川理直氣壯地為自己辯解。

「這樣呀……」洛柯羅點點頭，臉上仍然掛著暖笑，「所以，寒川喜歡我，晚上特地不睡覺來夜襲洛柯羅嗎？」

「並不是！」

「這樣呀……」洛柯羅點點頭，「那，洛柯羅可以夜襲寒川嗎？」俊逸的暖笑染上了一絲絲的促狹，「我很厲害喔。」

「你在說什麼鬼話！」寒川用力地搥了洛柯羅的肩頭一記。

「那，為什麼寒川會在這裡呢？」洛柯羅反問，然後忽地露出了恍然大悟的表情，「啊，我知道了，因為你想要我，對吧？就和女孩子們在信上寫的一樣！那句是怎麼說的？」他偏頭想了一下，像是在背書般低吟，「『我想要你。在暗夜中將我擄掠，我將任憑你狂放蹂躪，縱情於我的祕密花園——』」

寒川伸手，直接堵住了洛柯羅的嘴。

這是誰教洛柯羅的！該死的，那些花痴女學生到底寫了什麼東西！他絕對要建議桑珌校長加強校內品德教育，端正善良風俗！

「我只想要你的抱枕……」寒川冷聲承認。然後放開手。

洛柯羅撇了撇嘴，笑了笑。

「好吧，寒川這麼想要的話，給你就是了……」洛柯羅打了個呵欠，閉眼。「晚安。」

寒川再次搥了搥洛柯羅的肩。

「還有什麼事嗎？」洛柯羅懶洋洋地睜開眼。

「鬆手。」寒川臭著臉提醒。

「我的抱枕給你，所以你要來當我的抱枕……」

寒川三度舉起手，準備搥打洛柯羅的肩，但在拳頭落下之前，洛柯羅便鬆開了手。

「晚安，寒川……」洛柯羅閉著眼，悠悠地輕喃，很快地再度回到夢鄉之中。

寒川瞪著洛柯羅一秒，狐疑。

這傢伙是真的睡迷糊還是裝傻？沉沉的呼吸聲，暗示著他找不到解答。

寒川爬起身，爬出棉被，走回自己的床區。

站在床區門口時，出於某種不明的在意感，他停下腳步，然後回頭看了躺在客廳的洛柯羅一眼。

昏暗的客廳中，地面上的棉被隆起成不自然的高聳，有如一座小山。

高聳到非常不自然的白色小山。

雪白的棉被邊緣，露出了一隻黑色的巨大獸足。

寒川沉吟，撫額。

又出現幻覺了……巫毒的副作用比他想像中來得嚴重……

晨曦劃破了夜空，在地平線遠端雕琢出璀璨的光環。

清晨五點多，無論是日行或夜行的特殊生命體，都處於休息的狀態。

天方亮，寒川便離開了寢室，來到教職員宿舍，歌羅德所住的木屋外頭。

他伸手敲門，沒有回應，接著他又重重地狂敲了好幾記。就在木門彷彿要被他搥出洞時，他隱隱聽見屋內傳來咒罵聲。

物品傾倒掉落的聲音、咒罵聲、沉重憤怒的腳步聲接連響起，朝著門口逼近。

大門砰的一聲甩開，透露出屋主的不耐煩。

歌羅德一手支撐在門上，看見來者時，毫不掩飾地發出了嫌棄的嘖聲。

「幹什麼?」歌羅德瞪著寒川，不客氣地開口。

「我的身體出了點狀況……」

「如果你指的是清早起來發現胯下腫脹、內褲裡有黏稠液體的話，那是青少年正常的生理反應。」一大早被吵醒，歌羅德的下床氣讓他一開口就火藥味十足。

寒川皺眉，冷臉瞪著歌羅德，「我沒打算和你進行低次元的爭辯。若不是有求於你，我完全不想靠近這裡。」

歌羅德哼了聲，瞥了寒川一眼，接著轉身，「進來。」

寒川尾隨在後，進入屋中。

這是他第一次進歌羅德的宿舍，不得不說，出乎他意料。

屋內的設計以黑白灰為主色，北歐簡約風格的裝潢具有現代感。透明的玻璃櫥櫃裡擺放著書、音響設備和木製的裝飾品。整體給人清爽明亮之感。寒川暗暗在心中覺得自己輸了。

「隨便坐。」歌羅德指示。

寒川隨意地坐入了皮製沙發之中，他轉頭，看著歌羅德在屋裡走動。

歌羅德穿著非常規矩的兩件式黑色絲絨睡袍，長袖上衣和長褲。

老實說，這讓寒川鬆了口氣。他原本擔心歌羅德會穿著驚世駭俗又寡廉鮮恥的誇張睡衣出來迎門。

看來，這傢伙還是有點常識的……

寒川在心中暗忖。

歌羅德進了廚房片刻，走出，手中拿了兩個杯子。他走向寒川，不客氣地把其中一個杯子放到寒川面前，接著豪放率然地坐入寒川側邊的沙發。

寒川看了看面前的杯子。裡頭裝的是褐色的液體，微微冒著煙。

「那是蔘茶。」歌羅德開口，「看什麼?擔心我下毒?」

「不是，」寒川回神，「我只是有點訝異你會招待我茶水。」

歌羅德不以為然地輕笑，「我在你心中形像到底有多糟啊?寒山同學。」

「我以為你討厭我。」

歌羅德用力翻白眼，「我沒那麼幼稚好嗎。」他眼睛一轉，「換做是我去拜訪你的話，你會招待我這客人茶水嗎?」

「當然會。」寒川回答。

歌羅德綻起笑容，「是嗎?」他啜了口杯中的熱茶，「所以，有什麼問題?」

「我想確認一下這個咒語是否還有其他副作用？」

「為什麼會這麼問？」

寒川猶豫了片刻，坦白，「我昨天深夜看到了幻覺。」

「喔？深夜看到了幻覺？」歌羅德挑眉，顯然對這話題很有興趣，「這有可能是副作用，但是青少年晚上做做春夢、分不清現實也是常有的事。說吧，你看到了什麼香豔刺激的幻象？」

寒川沉著臉，沒好氣地回答，「我看到了一隻巨大的黑狗。」

歌羅德愣了一秒，「……你的口味還真重。」

「你想到哪去了！」

歌羅德聳聳肩，不以為意，「照理說這咒語不會引發幻覺，但還是檢查一下比較保險。」

歌羅德站起身，來到寒川的面前，居高臨下地看著寒川。他低吟了聲咒語，接著將手伸向寒川的鎖骨之間。

歌羅德盯著寒川，凝視審查著在寒川身上運行的咒語，表情嚴肅而認真。他和寒川之間靠得很近，臉和臉之間不到一個手掌的距離。

寒川覺得有點尷尬，本想避開眼神，但又覺得這樣的行為好像在示弱一般，便硬是不轉移視線，直視著面前的歌羅德。

此刻的歌羅德和日常不一樣。他沒有化妝，鮮豔的長髮披垂在肩頸，襯得素淨的容顏更加白皙。

少了五顏六色的彩妝，他的臉依然美麗，但少了股囂張的豔麗感，多了些平日少見的英氣。

陰柔與陽剛，同時集結在同一個軀體上，衝突矛盾，形成妖異的美。妖異，而非妖豔。

歌羅德平時的打扮，反而讓他原本的美，流於俗麗。

如果歌羅德以原本的樣貌現身，絕對會引來大票戀慕者，不分男女……

歌羅德的視線對上了寒川。寒川心頭微微一震，但仍保持鎮定。歌羅德就這樣注視著寒川，數秒不發一語，看起來相當凝重。

「情況還好嗎？」寒川忍不住發問。

「不太好。」

「為什麼？」發生了什麼事？

「因為我捨不得。」歌羅德嘖聲，慨然地搖了搖頭，「你這長相真的很合我的胃口，我越來越不希望你復原了吶。」

寒川覺得自己像是被蛇盯上的獵物，他皺眉，惱然斥責，「以貌取人的膚淺傢伙……」

「你講這話不覺得自打嘴巴嗎？」歌羅德輕笑，「是誰平常為了掩飾自己的容貌而披上幻象偽裝？是誰為了改變容貌而施展禁咒？嗯？」

「你還不是一樣！」寒川惱羞地反駁，「你打扮成那樣，和你本來的樣貌也差得遠了！」

「我是因為喜歡才打扮成這樣的。」歌羅德大方承認，「我喜歡口紅，我喜歡指甲油，我喜歡把自己染上各種色彩，這讓我很愉快。你呢？扮成平常那種令人性冷感的外貌，你覺得高興嗎？」

寒川不語。

他並不是因為喜歡才扮成古板嚴肅的男子。而是出於羞恥感。

披上了幻化過的偽裝，他並不覺得快樂。他既因偽裝而感到安心，又因擔心偽裝被看穿而不安。披著偽裝，讓他的心裡有著莫名的矛盾與糾結，但是他無法放下……

寒川冷然開口，「你那驚世駭俗的外貌引來很多非議。我的外貌可從未給我找過麻煩，甚至還為我帶來敬重與尊嚴。」

「但那是假的。」歌羅德一語戳破，「我不在意別人的眼光，我只在意自己是否高興。」

「我不像你那麼無恥。」寒川惡語相譏。

「嗯哼。」歌羅德不以為意地哼笑，似乎對寒川的惡言惡語習以為常。他收回手，轉過身，「總之，咒語沒什麼變動。建議你睡前可以看些肉體拍打甩汗的影片，這樣會看到比較歡愉的幻覺。」

寒川看著歌羅德的背影，暗忖。

我不像你那麼勇敢……

歌羅德看了看時鐘，「你該走了。我不想被人看見大清早有學生從我房裡離開。」

「你也會在意？」寒川挑眉。看來這傢伙還是有些羞恥心的。

「當然。」歌羅德輕哼，「我不想被人誤會，誤會和我共度一晚之後還有體力早起並靠雙腿行走。」

寒川翻白眼。

真是妖孽……

寒川一回到宿舍，洛柯羅已經醒了。

洛柯羅發現寒川不見時，非常著急，一看到寒川回寢，便撲上前，將他緊緊抓著。

「寒川早安！」洛柯羅像是抱洋娃娃般把寒川舉起，「早安早安！我的室友寒川！」

「放手！」寒川用力地拍打洛柯羅的手，洛柯羅才乖乖地把放他下來。

他覺得洛柯羅似乎變得比之前放肆，看起來就像是嗑藥嗑太嗨一般，過度興奮，興奮到不知分寸。

只是同寢室，有必要高興成這樣？

洛柯羅進入床區更衣。寒川經過洛柯羅的床區，看見了精碩修長的身影，莫名地想起了昨晚的巨犬。

說不定，那不是幻覺，而是洛柯羅……

怎麼可能？寒川自嘲地輕哼了聲，甩了甩頭，把這念頭甩去。

寒川被洛柯羅拉著去吃早餐，之後便以工作調查為由，和洛柯羅分道揚鑣。

「不一起去上課嗎？」洛柯羅詢問。

「今天沒有必修課，我沒有必要現身。」寒川冷然回應，然後強迫自己無視洛柯羅眼中的不捨，轉身離去。

寒川本想回自己的宿舍一趟，但回去時剛好遇到布朗尼在打掃教職員宿舍外的公共區域。他先站在自己的宿舍外片刻，假裝是來找老師的學生，然後打算趁布朗尼不注意，偷偷開鎖進屋。

但布朗尼一直盯著他，好像在防賊一樣監看著他的一舉一動，他只好離開。

他想回去辦公室，卻發現走廊上打掃的布朗尼們也瞪著大眼死盯著他。迫不得已，寒川便前往歌羅德的辦公室。

「那些布朗尼是在搞什麼？為什麼像守衛一樣盯著我看！」

「因為有人下令，要他們監看是否有可疑分子在教職員宿舍和辦公室外逗留出沒。」歌羅德一邊拿著花俏的羽毛筆批改作業，一邊悠然回答。

「哪個白痴下的令？」

「啊?!」

歌羅德抬眼，「你啊。」

喔，對！沒錯，是他。

寒川赫然想起，很久以前，他為了不讓學生發現他的祕密，便下令要布朗尼他不在時格外留意他的宿舍和辦公室。

昨天傍晚歌羅德幫他提出了請假申請，今天布朗尼便全部嚴陣以待。此刻，寒川有種拿石頭砸自己的腳的感覺。

「布朗尼們非常認真地遵守命令呢，恭喜啊寒川。」歌羅德笑著落井下石。

「這樣我就進不了宿舍和辦公室了啊！」他本來打算今晚就回自己的房間住的！

「你可以繼續住在學生宿舍啊。」

「就算那樣，我也得回房間拿我的生活用品吧！」寒川遲疑了片刻，望向歌羅德，但還沒開口，歌羅德搶先一步回答。

「別指望我進你的屋子或辦公室幫你拿東西。」

寒川愣了愣，「你在記恨我早上說過的話？」

「當然不是，是因為我被你列入嚴禁靠近的黑名單啊。」歌羅德笑得非常燦爛。「如果我無視布朗尼的警告，強制進屋的話，他們就會啟動你施在屋子上的防禦咒語。我的下場會如何，你應該是最清楚的。」

寒川再度覺得，自己搬了顆大石砸向自己的腳。

對，他授權給布朗尼。他再三叮嚀交代，要是歌羅德趁他不在時想接近他的領域，布朗尼可以啟動咒語。加諸在屋子上的強烈攻擊咒，便會鎖定歌羅德，火力全開地發射。

他可以申請出校去採買用品，但是他的錢都放在房間和辦公室裡，現在手頭只剩些許的零錢。

寒川腦子一片空白。他被困在自己所設下的陷阱裡。

上課鐘響起，歌羅德笑著開口。

「打鐘了，我得去上課了。」歌羅德站起身，走向寒川，冷不防地伸手扣住他的下巴，「不想住宿舍的話，歡迎來老師的房間。我很樂意幫你開發身體未知的領域和潛能，這樣，或許你就不會看見黑狗的幻覺了，寒山同學。」語畢，仰首大笑，率然走出辦公室。

寒川惱怒不已，但又無能為力。

該死的……

他氣歌羅德，更氣他自己。

寒川不得已在圖書館消磨了一整天時間，到了晚上才不甘願地回到洛柯羅的寢室。

一打開門，一股食物的香氣撲鼻而來，然後是吵雜喧鬧聲。

「啊！他回來了！」

「終於啊。」

寒川定眼一看，發現他的寢室占滿了人。還有，食物。

福星、翡翠、丹絹、布拉德、紅葉、妙春、小花，當然還有洛柯羅，全待在房裡。茶几和矮櫃上放滿了食物和飲料。

「這是……？」

「我們幫寒山辦了小小的歡迎會。」福星笑著解釋。

寒川錯愕，「歡迎會？」為他而辦？

他從未遇過這樣的事。正確來說，他從來沒有受學生歡迎過。

若是以往，以教授的身分，知道有學生在寢室裡搞派對，他一定會厲聲制止並且訓斥懲處。

但現在，他的身分是學生寒山。

而這是為他舉辦的派對。

他不知所措。

他掃視了房間一圈，看著桌面上精緻的餐點，以及一個用巧克力醬寫著歡迎字句的派。還做成懶熊的樣子。

「這些食物……」

「請食堂阿姨做的。放心，不是直接包菜尾。」翡翠開口。

「她們願意幫忙？」印象中，那票廚娘非常有主見又難搞。

「要看是誰去請求啦。」福星拍了拍洛柯羅的肩。

寒川在心裡輕嘆。真是不意外啊。

接下來寒川被攬入屋裡，坐在沙發中央。所有的人視線都在他身上，這讓他感覺有點彆扭。

站在數百人的大教室內講課都能坦然自若的他，此時卻莫名地忸怩與焦躁。

「寒山同學之前住哪裡呀？」珠月笑著開口寒暄。

「……京都。」寒川回應。

「現在是春天，那兒的櫻花很美吧？」

「還要半個月才是花季。」

「這樣呀……」

「德肯索公園現在是花季，山茶、櫻花、丁香、水仙盛開。」布拉德忽地插嘴開口。

「真的？」珠月微笑，「希望有機會能親眼去瞧瞧。」

「如果妳想去的話——」布拉德像是想說什麼，但是張口支吾猶豫了片刻，才弱聲說出下句，「妳得早點訂機票。」

「噢，謝謝你的提醒。」

福星、翡翠和紅葉搖了搖頭，露出看不下去的表情。

寒川挑眉看著布拉德。印象中，這傢伙是個驃悍剛毅的莽漢，沒想到也會有這樣優柔寡斷又踟躕不安的一面。

他看了看布拉德，又看了看珠月，頓時了然於心。

啊，原來是這樣啊……他不以為然地在心裡輕笑。

小鬼頭。

他忽然聞到刺鼻的酒精味，轉頭，發現丹絹正拿著小噴罐，往自己的雙手噴灑酒精。

「你在做什麼？」寒川好奇。

「洗手。」丹絹回答，同時拿起桌上的碗盤，往裡頭噴了噴，再從口袋中拿出自備的紙巾將之仔細地擦拭。

寒川挑眉。

丹絹是他印象最好的學生，因為丹絹從不給他添麻煩，作業、考試也都表現極佳。但除了數字以外，他對丹絹一無所知。

「房間裡有浴室。」寒川提醒。

「我知道。」丹絹理所當然地回答，「但我不知道那間浴室裡發生過什麼事，所以不打算觸碰裡頭的東西。」

「所以你也不用校內的公廁嗎？」

「我知道布朗尼清掃廁所的班表，我也曾經監看整個清潔過程，我非常放心。但我不確定這裡是否也有一套標準化的清掃流程。」丹絹停頓了一下，「我對你有信心。但是剛踏入這間寢室時所看到的亂象，讓我不得不審慎而為。」

「我了解。」

「剛才在整理客廳時，我們把一些雜物放到你的床區裡。」丹絹繼續說著，「我發現你房裡完全沒有行李。」

「嗯……」寒川一時間想不到開脫的說詞，只能應聲。

丹絹見寒川不打算多言，便再度開口，「我對別人的私事沒興趣。」他從身後拿出一個紙袋，遞給寒川。

寒川狐疑地打開。裡頭放著的是全新未拆封的衣物，包括內褲和襪子。

「那是我儲備的衣物，給你。」

寒川訝異，錯愕地收下。

「別急著說謝謝。」丹絹推了下眼鏡，「你得告訴我你平常都看什麼參考書做為回禮。」

寒川失笑出聲，「我會的。」

接下來，福星熱切地幫寒川盛裝食物。但寒川在意的只有那個懶熊頭造型的派。他想要，但又不好意思開口。

洛柯羅注意到寒川的視線，便將整個派捧過來。

「寒山，這個給你！這裡面是栗子泥喔！」

寒川接下派，盯著那焦糖色的熊頭，很努力地壓抑著自己不要笑出來。

「洛柯羅堅持要廚房阿姨把派做成熊頭的樣子。」福星看寒川不發一語，以為對方不喜歡這種幼稚的圖案，「不好意思耶！」

「不。」寒川開口，「我很喜歡……我是說栗子。」

「看吧！」洛柯羅邀功似地開口。

「你和洛柯羅很熟嘛。」翡翠好奇，「不是才剛轉來而已？」

「呃，因為我們是室友。」

「我和寒山的感情很好！」洛柯羅炫耀，「我們會一起洗澡，寒山還讓我玩他的小雞。」

此話一落，一室寂然。只有珠月笑得燦爛不已。

「是小鴨！你這雞鴨不分的白痴！」寒川趕緊澄清。

「你會在洗澡的時候玩小鴨鴨喔？」福星抓了抓頭，似乎聯想到某人。

寒川擔心露餡，趕緊轉移話題，「後天就要考試了，大家準備得怎樣了？」

此話一出，眾人再度陷入尷尬的沉默。只有丹絹露出胸有成竹的笑容。

「寒山同學，派對上不可以提這麼掃興的話題喔。」紅葉笑著坐入寒川身邊，勻稱的長腿蹺起，裙襬滑下，露出大片白嫩大腿。「聊聊別的吧，寒山有喜歡的人嗎？你喜歡什麼類型的女生？」她伸出塗著珊瑚色指甲油的纖指，劃過寒川的臉，曖昧地低語，「接過吻嗎？還是處男嗎？」

「夠了！」寒川還來不及開口，丹絹便率先怒聲斥責。「閉嘴，妖女！妳一開口屋子裡就充滿腥臭味！」

「和你被單裡的味道一樣。」紅葉反唇相譏。

寒川一口茶差點噴出。

「寒山同學和我們還不熟，可能不太適合涉及隱私的話題，聊些別的吧？」珠月出聲緩頰。

「沒問題。」紅葉相當配合，轉過頭，開口，「你覺得丹絹接過吻嗎？他還是處男嗎？我先說。我覺得他的初吻和初夜都是獻給吸塵器，因為他有潔癖。」

丹絹勃然，直接拿起一顆蜜李往紅葉扔去。紅葉笑著接下，咬了一口，相當挑釁。

趁著丹絹和紅葉打鬧的空檔，翡翠坐入了寒川旁邊的位置。

「馬上就要期中考了，雖然你天資聰穎，但畢竟是新人，面對那麼多科目，也難保不會失手。」

「所以？」

翡翠揚起營業用的諂媚笑容，秀出了他的商品目錄，「要不要買考試必勝三寶？讓你贏在運氣，贏在起跑點。還是要試試翡翠獨家的記憶神仙水？喝了之後官能開啟，作答時欲死欲仙！」

寒川挑眉，「感覺喝了會自毀前程。」

福星沒好氣地看向翡翠：「就叫你不要亂引用成藥廣告當標語了吧。」

「你這東西有保固和成份標示嗎？你在校內營利，有向學校報備嗎？」

「小本生意，不需要報備。」

「反正也沒什麼人會和他買。」布拉德插話。

寒川接下翡翠的商品目錄，翻了翻，「你把庫存的商品放在哪裡？你有倉庫嗎？」

「放在房間裡。幹嘛這樣問？你想入股喔？」

「上面有些原物料如果沒有嚴密收納處理的話，會發出惡臭和毒氣。」寒川由衷感嘆。

「當你的室友真辛苦。」

一旁的丹絹聞言，頻頻點頭，非常贊同。

寒川的目光被目錄上的一樣東西吸引，「這東西是異能力課實驗用的材料吧。」

「你怎麼知道？」

「這上面有編號。」寒川指了指照片上的玻璃瓶，「你盜用學校公物？」

「不是盜用，我把我那一份留下來，用其他東西代替——」翡翠回答到一半，忽然停頓，「話說，你怎麼知道這麼多？你又沒上過異能力課。」

「這是我辦公室——」寒川反射性地回答。

一旁的洛柯羅連忙塞了個食物到寒川嘴哩，堵住他的話語，「寒山，有小兔子麻糬！」

寒川意識到自己失言，默默地啃了啃麻糬，對洛柯羅投以感謝的眼神。

「你剛才要說什麼？」

寒川吞下麻糬，「我是說，我辦轉學申請的時候，在一位教授的辦公室裡看過這東西。」

「那一定是寒川的辦公室。」翡翠讚嘆，「你的記憶力真好耶。」

「所以我不需要買你的記憶神仙水。」

「那，你願意當我的記憶神仙水的原料嗎？」翡翠反問，「我會和你分紅的，你只要提供一些你的組織成分即可。」

「你這喪心病狂的奸商……」寒川搖頭。

「話說，你在寒川的辦公室有看到一臺圓形的白色機器嗎？那是我的薰香噴霧機。寒川無緣無故沒收我的東西，到現在還沒歸還。我擔心他拿去轉賣，這傢伙陰陽怪氣的。」

「你才陰陽怪氣，會被沒收還不是因為你——」

洛柯羅再次救援，「寒山寒山，吃麵包。」接著將小圓麵包塞入寒川嘴中。

「唔嗯——」寒川差點噎到，好不容易嚥下去，洛柯羅立即見縫插針，繼續餵食。

「來，吃水果，吃奶酪，吃花椰菜。」他一古腦地把食物塞到寒川嘴裡。

寒川轉頭，避開，「不要亂塞東西到我嘴裡！夠了！你塞太深了！」

珠月燦笑，臉上漾著少女懷春般的表情。而布拉德則是非常陰鬱。

接下來的時間，一群人在寢室裡一邊吃喝，一邊漫無邊際地閒扯。紅葉開黃腔，丹絹斥責。珠月說什麼，布拉德都附和。翡翠不時地打開手機，關注自己的賣場瀏覽率。

妙春安靜地坐在一邊，總是一臉崇拜地幫紅葉倒酒夾菜。小花拿著手機，看起來像是在回訊息。

但寒川發現，對方的動作有些不自然，像是在拍攝。

「妳在拍我嗎？」寒川質問。

「是的。」小花大方承認。

「為什麼？」

「你的外型很好看，是個潛力股，相片一定有銷路。」小花承諾，「放心，賣出去的話我會給你分紅。」

「妳和翡翠一模一樣。」

「不一樣。我的商品賣得出去。他的商品最後會變垃圾。」

「喂！說得太過分了吧！」翡翠抗議。

「好，我更正。他的商品從一開始就是垃圾。」

「喂！」

寒川聽了小花的話，感到不可思議，「妳覺得有人想買我的照片？」

「當然。」小花回應，「事實上，已經有大戶先儲值一百歐元要預購你的照片了。」

「太膚淺了……」寒川口裡罵著膚淺，心裡卻難掩沾沾自喜。「買方是誰？」

「歌羅德教授。」

寒川覺得背脊一陣發寒。

「有人買我的照片嗎？」福星對這話題很感興趣，好奇地插嘴詢問。才新來的轉學生都有人支持了，說不定像他這種草食系清純男也有人欣賞！

想到這裡，福星便感覺自己的周邊萌起了粉紅色的小花。

「你打從一開始就不在商品目錄裡。」

「是喔……」福星臉上浮現了落寞的神情。

「不過我常處理你的照片。」

「真的？」

小花點點頭，「因為你常和洛柯羅、翡翠、布拉德一起入鏡，有不少客人拜託我把你修掉。」

初燃起的希望之光，再度被狠狠澆熄。「怎麼這樣……」

看見福星的表情，寒川忍不住笑了。

他為此感到訝異。

向來對於學生之間的打鬧玩笑感到不以為然、嗤之以鼻的他，竟然會沉浸在這氛圍裡。

他真心地覺得放鬆，有趣。

這是他未曾經歷過的……

寒川啜了口杯中的茶，發現裡頭空了。福星非常自動地端來汽水，幫寒川添滿。

寒川看了看杯子，再望向福星，不解，「你對每個人都這麼熱心嗎？」

「沒有啊。」

「我們不熟，我也沒給你任何利益，為什麼要對我這麼好？」

「因為洛柯羅很喜歡你呀。」福星想也不想地回答。

「所以？」

「洛柯羅是好人，他信任、喜歡的人一定也是好人。」福星笑著開口，「你是洛柯羅的朋友，所以也是我們的朋友。」

「這是什麼邏輯……」寒川挑眉，對於這答案感覺莫名其妙。如果這是考試，他一定會直接打個大叉在上頭，然後要求學生補考。

「寒山同學為什麼這樣問？」

寒川沉默了片刻，帶著些許的掙扎與猶豫，坦承，「……我不是溫柔好相處的人。」

他不知道怎麼樣對別人好。甚至連接受他人的好意都讓他感到困擾。

他過往的經驗告訴他，沒有人忍受得了這樣的「朋友」。

小花聞言發出一聲冷笑，「所以你覺得我們都是溫柔又好相處的人？」她玩味地打量著寒川，「你挺可愛的。」

寒川的眼角快速地掃了一圈屋裡的人。

確實，除了珠月以外，全都是麻煩分子。

這樣的一群人怎麼會混在一起？怎麼會相安無事？

他一直都搞不懂學生的生態……

他雖然不懂，但是，看著這群個性不同的人聚在一起，吵鬧鬥嘴，互相作弄，互相做些無意義的事。

他不討厭這樣的氣氛，甚至感到放鬆而自在。

如果當年他有機會進入夏洛姆就讀，他是否也會遇見一群伙伴？像這群孩子一樣，製造並分享快樂的回憶？

他的內心深處，隱隱產生了些許渴慕。渴慕一件他未曾擁有過的東西。

如果巫毒咒語無法解開……

或許，以寒山的身分留在夏洛姆，也無不可……

他在心裡小聲地暗忖。然後立刻把這念頭甩去，藏到更深更深的意識底下。

一群人在洛柯羅的寢室漫無目的地吃喝打鬧好一陣，散場時已是深夜。

眾人一一離去，女學生則是從陽臺離開。看她們熟練的動作，顯然已經非法進出男子宿舍很多次了。

寒川發現這點，但已不想去計較了。

客人都散去，剩下躺在沙發上昏睡的福星。派對尾聲時，紅葉慫恿大家划酒拳，向大家灌酒，福星喝了幾杯之後便不省人事。

寒川看著睡到半個身子垂落地面的福星，「要叫醒他嗎？」

「不用。」洛柯羅笑了笑，伸手，一把將福星扛起。「我們送他回寢室。」

寒川跟在洛柯羅旁邊，來到福星的寢室外。

「你有他房間鑰匙？」寒川詢問。

「沒有，反正他的室友在就好啦。」洛柯羅敲了敲房門。

片刻，福星的室友，闇血族的理昂開啟門扉。

理昂面無表情，一臉淡漠。寒川微微皺眉，他覺得獨善其身又重視私領域的理昂，說不定會將他們拒於門外。

「宅配，」洛柯羅笑著開口，然後一把甩下肩上的福星，舉抱著遞給理昂。「你的室友送到囉。請簽收！」

理昂冷臉看了看那睡到鞋子少一隻都渾然不覺的福星，無奈地輕哼了聲。

寒川以為理昂會冷臉斥責，或是轉身關門。

闇血族對他族的冷漠，以及夏格維斯家的孤傲，眾所皆知。

但出乎他意料的是，理昂雖然依舊冷著臉，卻伸出手，接下了洛柯羅懷中的福星。

動作，相當輕柔。

「晚安。」洛柯羅對著理昂揮手。

理昂對著洛柯羅和寒川微微點頭，轉身關上房門。

寒川非常詫異。

「我不曉得夏格維斯竟然會對室友這麼溫柔……」

「寒山羨慕嗎？」洛柯羅燦笑，「我也可以對室友很溫柔喔！」

寒川覺得不妙，「你想幹嘛——」

洛柯羅一個彎腰，雙手一搭，一勾，便輕輕鬆鬆地將寒川橫抱在手中。

「放我下來！」寒川怒聲下令。

「好！到寢室就放。」洛柯羅一邊笑道，一邊朝著寢室飛奔。

寒川本想厲聲制止洛柯羅，但洛柯羅臉上的笑容太耀眼，太真摯，讓他不忍潑冷水。

最終，只弱弱吐出一聲訓斥，「……不要在走道上奔跑。」

「好！到寢室就不跑。」

寒川忍不住翻白眼。

算了……

在歡迎會後的第二天早上，洛柯羅不知道怎麼弄來了好幾件全新的衣物和生活用品，甚至整套的教科書和文具，解決了寒川的生活危機。

接下來幾天，寒川以寒山的身分，跟著洛柯羅和福星一行人出沒活動。白天一起去上課，晚上就和洛柯羅回寢室。

變身後的第四天，進入期中考週。他也跟著學生一起考試做答，不過他沒有交卷。畢竟，他不是真正的在籍學生。

歌羅德發現了寒川的改變，趁著空堂，以教師的身分，要求「寒山同學」到他的辦公室。

「反正我無法回教職員宿舍和辦公室，咒語也不是靠我的能耐就能解決的，乾脆順其自然。」寒川淡然回應。

「我以為你會三不五時地來打擾我，要我幫忙。沒想到你適應得挺快的。」

歌羅德撐著頭，挑眉看著寒川，「順其自然可不是寒川教授的風格。」

「情勢所逼，不得不變通。」寒川回應，但是莫名地感覺到一陣心虛。

歌羅德盯著寒川，那眼神讓寒川不太自在。

「你找我來有什麼事？」寒川發問，轉移話題。

「再過三天就輪到異能力實作課期中考，我是你的職務代理人，不曉得寒川教授對於考試有什麼要求和預備？」

「考題已經出完了，試卷放在我的辦公室裡。」寒川漫不經心地回答。

「你忘了我無法踏入你的辦公室？」

「喔，對。」寒川偏頭思考了幾秒，「那就讓你全權處理吧。」

「你的意思是，考題隨我出？」

「對，題型、考試形式、試題難度、計分方式都由你決定。不要超出授課範圍就好。」

歌羅德看了寒川片刻，「我知道了。」

上課鐘響起。

「還有事要交代嗎？我得去上下一堂課了。」

歌羅德輕笑，「你還真認真啊。」

「我必須扮演好自己的角色。」

「你的角色是寒川教授。」歌羅德以罕見的嚴肅口氣開口，「不要迷失了自己。」

「我不懂你在說什麼。」寒川冷冷地回應，轉聲離開。

三天後。

入夜，眾學生們前往異能力實作課的教室，準備面對恐怖的期中考試，卻發現門上貼了公告，要所有學生去學院西隅山林外集合。

一行人抱著困惑不解的心，來到了集合場地。

在那裡等著他們的是歌羅德。一身酒紅色調的歌羅德，在夜晚裡顯得相當搶眼。

歌羅德見學生們到齊後，便朗聲宣布。

「寒川教授還在請病假，這次的期中考由我來主導。」歌羅德看著底下惴惴不安的學生，笑著開口，「所以我決定，不考筆試，只考實作。」

學生們一片歡聲雷動。寒川的筆試試題總是異常刁鑽，只有把課本全背起來的人才能拿到高分。

丹絹看起來不太高興，他就是那種會把整本課本都背起來的怪物。

「我希望他病久一點。」

「乾脆請假到年底，不，最好是再病兩年，病到我們畢業！」

待在學生群裡的寒川微微皺眉。他望向歌羅德，不知道對方打算做什麼。

「規則很簡單。我在後山上設下了重重陷阱和關卡，你們可以獨自行動，也可以兩人一組，最快到山頂的人將得到滿分。我會按照你們在過程中的表現和到達次序來評分。」歌羅德繼續說著，同時，望了人群中的寒川一眼，挑釁一笑。「你們可以干擾攻擊其他人，只要有辦法越過陷阱抵達山頂，用任何方法都可以。就算沒有使用異能力也無所謂。」

寒川怒瞪著歌羅德。這傢伙把考試當什麼了，胡來也要有個限度！

「這個有意思。」布拉德摩拳擦掌，他向來喜歡硬碰硬的實戰。

「雖然聽起來有點危險，但是不管怎樣，不用筆試真是太好了。」福星鬆了口氣。

「寒山，我們一起。」洛柯羅開口。

「嗯。」雖然心中仍對歌羅德的做法不滿，但寒川現在的身分使他無法立刻做出任何的策略，只能壓下怒火，配合著進行這荒謬的期中考活動。

「你確定要和這傢伙一起？」翡翠輕笑，「要不要雇用我？三十歐元保證你安穩抵達，一百歐元保證你奪冠。」

「你怎麼確定能奪冠？」寒川反問。

「我是風精靈。」翡翠召起一陣風，在空中優雅地轉了一圈，落下，「我直接飛到山頂就可以了，輕而易舉。」

「寒山很厲害的！」

翡翠露出個不置可否的笑容。

寒川挑眉看著翡翠，然後又望向周遭其他人。似乎很多人都和翡翠有一樣的想法，對於他這半途加入的「轉學生」並不看好。

他知道和學生計較非常愚蠢，但莫名地，他不想要被人看輕。

「就算不使出真正的實力，我也有辦法撂倒你們……」寒川悠悠開口。

「是嗎？」布拉德輕笑，「我拭目以待。」

「寒山同學，我們可以一起行動。」福星湊過去，小聲地開口，「雖然不同組，但是多一點人可以互相照應。有狀況的話我會幫你的！」

寒川看向福星。

他知道福星的程度和能耐。這傢伙都自身難保了，還想幫助別人，實在不自量力……以往，他會對學生間這樣的行徑嗤之以鼻。但現在，他卻感到相當激賞。

「謝了。」寒川淺笑。

哨聲響起，考試開始。

眾多學生開始朝著山頂狂奔，奔跑的同時，戰鬥也隨之展開。

洛柯羅拉著寒川，一邊避開攻擊，一邊向前跑。福星則是跟在寒川的另一邊，謹慎地張望著，用他那不是很熟練的異能力張開防護罩。

忽地，精碩的身子跳到三人面前，擋住了他們的去路。

「比試一下如何？」布拉德壓了壓指關節，「放心，我會留意力道的！」

「布拉德不要欺負新同學啦！」

「這是考試。」布拉德開口，眼角不自然地向後方望了一眼。

珠月正在後方約二十公尺處，向前移動。

這是布拉德的計畫。他打算默默地守在珠月身邊，幫她除去所有的攻擊和陷阱，暗暗地把第一名的寶座獻給她。

寒川在心裡輕笑。

他彈指，珠月的腳忽地被藤蔓捲住，凌空吊起。

「啊！」

布拉德立刻轉身，快速地以狼爪斬斷藤蔓。擅長體術的狼族，動作迅速，整個過程花不到十秒的時間。

寒川再度彈指。藤蔓悄悄地勾住了珠月後方的衣角，向上一劃。

裂帛聲響起，珠月的衣服自背部被劃開了一道裂縫，露出了雪白的腰背。

「布拉德，你幹嘛撕破珠月的衣服？」寒川大喊。

「什、什麼？」布拉德愣愣在地，一時慌了手腳，不知所措。「不、不是我！我只有割斷藤蔓而已，絕對沒有割破妳的衣服！」

趁著布拉德手忙腳亂地解釋的同時，寒川一行人趕緊離去。

「走這邊。」福星指了指主登山步道旁的泥土地。「這裡有條小徑可以通到山上，雖然會繞些路，但是可以避開大部分的人。」

「你怎麼知道的？」

「我之前被處罰掃落葉時發現的。」福星得意地說著。

寒川有點哭笑不得。

三人走在小徑上，正如福星所說，沒有什麼學生走這條路。但是歌羅德非常仔細，即使是冷門的小徑，也布上了陷阱。

福星和洛柯羅沒察覺到陷阱的存在，但那些陷阱對寒川而言一目瞭然。他不動聲色地引領另外兩人避開陷阱，往山頂移動。

「有人想抄捷徑啊？」輕笑聲自空中傳來。

翡翠帶領著丹絹，乘著風在空中飛行。走空路的他，自在遨遊，居高臨下地看著地面上的人們。

「不過勝利是屬於我們的。」丹絹開口。

「你僱用他？」寒川詫異。

「我為這門科目花了無數的時間做準備，可不想因為這愚蠢的變動而錯失學年榜首的位置。」

「先走一步囉！」翡翠笑著繼續向前飛行。

寒川淺笑著搖了搖頭。

丹絹選錯隊友了。翡翠很強，但他的弱點也非常明顯。

寒川將手伸入口袋，往地面上的某一處丟出一把錢幣。

金光閃閃的錢幣落地，發出響亮的聲音。

翡翠停頓，轉頭，眼睛立即被那大把的錢給吸引。

幾張鈔票隨著風飛上天空，在氣流的吹拂下不穩定地上下飄舞，落往地面。

翡翠像是飛彈一般鎖定目標，追著鈔票俯衝而下。

「喂！你幹嘛！那裡不是終點！」丹絹斥喝。

「先讓我撿個錢！」翡翠繼續降落，在碰到地面的那一瞬間，地表被撕開，出現一個有如捕獸夾般的裂口，將翡翠吞噬。

丹絹飛在翡翠後方，多了些反應的時間，急忙旋身避開地洞，降落在一旁的地面。

「你在搞什麼！」丹絹惱怒地斥責，「為什麼會中這麼愚蠢的陷阱！你這白痴！」

「閉嘴！快點拉我上去！」翡翠在洞裡惱羞地回應，「這洞裡有咒語，我自己無法離開！動作快一點，我們走空路還是可以第一個抵達終點！」

丹絹低咒了幾聲，召出蛛絲，準備投入洞中。

「那個坑之前是化糞池。」寒川輕聲提醒。

垂下的絲線迅速收回。

「為什麼收線了?!」

「我還是靠自己好了。」接著，丹絹無視翡翠的叫囂，轉身面對寒川等人，準備先解決眼前的敵手。

「丹絹，別這樣，你可以先走，我們不會干擾你奪冠的。」福星開口。

「不行，我不能讓敵手有機可乘。」丹絹望著寒川，「能制住翡翠，你不是一般角色。」

「謝謝。」

丹絹審視著眼前的三人，同時召出蛛絲，數千道蛛絲在他身後張成細密的網，一旦三人有所動作，蛛網變會在千分之一秒射去。

「我不會攻擊你們，我只會讓你們無法行動——」丹絹的話語突然中斷，因為他感覺到有東西滴在他的頭上。

一陣鳥鳴聲與拍翅聲正好橫過空中。

「啪嗒。」又一灘東西滴落在他肩頭。

「啊噁……」福星和洛柯羅下意識地皺眉，露出了嫌惡的表情。

那表情讓丹絹的心涼了一截。

他瞪大了眼，戰戰兢兢地伸出手，摸了摸頭頂，然後緩緩移到面前。

他看見指尖那灰褐相雜的溼軟泥狀物，震驚不已。

「冷靜點……」丹絹低沉地告訴自己，同時伸手準備從背包中拿出濕紙巾。

寒川低聲吟咒，彈指。

一個衝波向丹絹撞去，力道不強，但足以將丹絹推落地洞之中。

「寒山同學好厲害喔！」福星讚嘆不已，「不過怎麼那麼剛好有鳥飛過？我們運氣真好。」

「是啊。」寒川不打算多做解釋，便順著福星的話答腔。

那群鳥和鳥屎全是幻象，和紙鈔一樣。這全是異能力實作課上過的，上學期的課程。

這群學生資質不錯，但是和活了八百年的他相比，經驗不足。

三個人繼續向目標前進，一路上陸陸續續地遇到了其他學生，和歌羅德布下的咒語和關卡，寒川總能不動聲色地一一解決。

三個人就這樣一路劈荊斬棘、過關斬將，穩定而迅速地往終點邁進。

明月高懸，晚風吹拂。

寒川忍不住笑了。

他覺得很痛快。

從來沒有這種感覺，從來沒有這種安適而又自在的愉悅感。

他喜歡，喜歡身為「寒山同學」的生活。

如果真的變不回原樣……用這新身分生活，似乎也可以……

他可以體驗他從未體驗過的青春歲月，從未經歷過的歡樂年華。

寂林深處，密林中的高枝之上，一個身影站立其上，有如夜影一般，沉靜無聲地觀看著寒川一行人。

有著清秀容顏的少年，苦笑地看著寒川。

挺自在的嘛，小烏鴉。

但是，玩樂的時光結束了……

該面對現實了。

這是孩子們的樂園，仿冒品不得入內。

少年輕輕吐氣。帶著咒力的氣息拂過寒川。

奔跑中的寒川感覺到一陣暖意自頂上澆灌而下，彷彿被溫水包圍住身軀。

他停頓下腳步。

肌膚和骨骼傳來一陣刺痛，非常痛，雖然這痛覺只出現一瞬，但卻足以讓寒川跪伏在地。

「寒山同學你還好嗎？呃——」福星立刻上前關切，但當他看見對方的樣貌時，卻愣愣不已。

從福星的表情，寒川知道發生了什麼事。

他咬牙站起身，板起嚴肅的臉孔，凜聲下令，「不准說出去！」

然後，召出式神掩護，轉身消失在夜林之中。

福星看了看寒川，又看了看洛柯羅。

「你知道這是怎麼回事嗎？」

「知道。」洛柯羅嘆了聲，「洛柯羅又沒有室友了。」

期中考競賽最後是由芮秋取得冠軍。福星和洛柯羅後來遇到陷阱，浪費了點時間，所以是第八組到達的。

「寒山怎麼不見了？」到達終點的翡翠和丹絹好奇地發問。

「呃，後來我們分開行動了，所以我也不知道……」福星乾笑著回答。「你們要找他報復嗎？」

「我要問他如何無聲無息地施展幻象。」丹絹開口。「他真的不簡單。」

「我要問他怎麼讓幻象的觸感那麼逼真。」翡翠開口，「剛剛那些錢摸起來和真的沒兩樣！」

「噢，嗯，那……等他出現時你再問他吧。」福星抓了抓頭，給了個模稜兩可的答案。

他不知道發生了什麼事，不知道寒川為什麼要偽裝成學生加入他們。

但他知道，寒川身為「寒山」時，是真心誠意地和他們互動，而沒有其他計謀。他有種預感，之後再也見不到「寒山」了。

寒川一變回原貌，便施上日常的幻象，返回自己的宿舍。

沒多久，接到寒川式神的歌羅德來訪，幫寒川檢查他身上的咒語。

「巫毒解除，消失得很徹底。」歌羅德收回勘驗的咒語，「你的運氣真的很好。」

「嗯……」寒川沒多言，只應了聲。

「順帶一提，我和賀福星說，這是校內教職員的定期檢測報告，是機密調查，不能對外聲張。不過，我看他原本就不會說出去。」歌羅德補充。

寒川相信。

「他還說了什麼嗎？」

「他問說，被他發現了機密任務，這樣會不會對你不利？」

寒川輕笑。

愚蠢……發現祕密，第一個要擔心的應該是自己會不會被封口吧……這個世代的孩子，真是不知世事的險惡與艱難。

寒川冷靜以對。他的表情回復以往的平板冷靜，看不出思緒。但他的眼底帶著好夢初醒的慨然與惆悵。

他又變回原樣，從學生寒山變回教授寒川。他又得披上那張假面具，板著臉面對學生。這樣很好。這本來就是他熟悉的生活。紀律、穩定、嚴謹。

然後孤獨、無趣……

他從來不是追求生活樂趣的人。只是短短的幾天，他竟然對那時光感到不捨。

歌羅德看出寒川眼底的悵惘，他沒點破，裝作沒看見。

「巫毒的效力不會再復發了吶。」歌羅德感嘆。

「你聽起來似乎很惋惜。」

「我喜歡你那張臉。」

「可惜，神獸詛咒尚在。你再也看不到那張臉了。」寒川嘲諷。

雖然是嘲諷歌羅德，卻也在嘲諷自己。

他的外表再也沒有機會成長，到老死都是這可笑的模樣。

歌羅德看著寒川，看穿對方的想法。他沉吟了片刻，開口，「任何詛咒就都有半衰期。神獸的詛咒雖然比一般咒語強，但在時間的沖刷之下，也會隨之耗弱衰微。」

寒川輕笑以應。他知道這道理，但要等多久詛咒才會消失，沒人知道。

「所以，」歌羅德冷不防地揪住寒川的下巴，逼他抬頭仰首面向自己。接著丹唇勾起，綻起狂妄的笑容，「在我再次看見那可口的小鮮肉之前，別死啊。」

寒川微愣，眨了眨眼。

這算是承諾嗎？

他怎麼覺得這要求聽起來有點像是約定。

聽起來像是，在他解開詛咒之前，歌羅德會一直陪在他身邊？

他可以這樣解釋那句話嗎？

歌羅德鬆開手，轉身。

「既然沒我的事，我就先走啦。」歌羅德傲慢地笑了笑，「對了，擔任你的職務代理人時，我幫你簽下了很多活動企畫，接下來有得你忙了，寒川教授。」

寒川咬牙咒罵，「該死的臭人妖！快離開我的視線！」

口裡雖這麼說，但他眼底卻漾著笑容。

次日，寒川回來了。

他一如以往，臉色很差。學生們很擔心他會無視歌羅德那近乎胡鬧的考試，重新再考一次。

然而出乎意料，寒川只是要求大家繳交課堂筆記，作為分數評比之一，便沒再多做要求。

丹絹很滿意，因為他的筆記根本是逐字稿，工整端正的字跡比打字列印還美，拿了相當高的分數。

然後他發現，筆記的後面附了張紙，上面是一整串書籍清單。

「賀福星，把你的作業拿回去。」寒川站在講臺上，冷聲叫喚。

「喔，是……」福星戰戰兢兢地走上前。

他知道寒川已經發現他的小計謀，所以這次特別用空白的紙抄寫筆記。

「作業要有統整性和連慣性。」寒川以公事公辦的語氣開口。

「啊？」

「之前用什麼紙，就統一用什麼紙寫。」寒川嚴肅地說著，「中途變換，我看不習慣。」

福星愣了愣，然後恍然，他笑著接下筆記，「是，我知道了！」

寒川不耐煩地揮了揮手，要他快點回座位。

夜晚，寒川坐在宿舍的沙發上，一如往常地一邊喝著熱可可，一邊看著新一季的學術期刊。

敲門聲響起，接著門扉開啟。

高挑的身形和俊逸的容顏出現在門後。

「寒川，我可以來借你的浴室嗎？」

洛柯羅小心翼翼地開口，「我帶了小熊餅乾喔。」他舉起手中包裝精美的小盒子，晃了晃。

寒川抬眼，瞥了洛柯羅一眼。

「隨你。」接著，繼續看他的書。

洛柯羅開心地進屋，然後熟門熟路地前往寒川的浴室。

過了一會兒，穿著睡衣的洛柯羅出現。

「寒川，我有點累。」洛柯羅打了個呵欠，看起來非常不自然，「我可以睡在這裡嗎？」

「……隨你。」

洛柯羅開心地躺在沙發上，面朝向寒川。

寒川的視線盯著書本，但他可以感覺到洛柯羅的視線。

他在心底再次嘆了口氣。
他是為了餅乾才答應的。
僅是如此罷了。

——番外〈未成年的稚嫩肉體卻藏著成年的祕密・下〉完

高寶書版集團
gobooks.com.tw

輕世代 FW217
蝠星東來03

作　　者　藍旗左衽
繪　　者　ダエ
編　　輯　謝夢慈
校　　對　林紓平
美術編輯　彭裕芳
排　　版　彭立瑋
企　　劃　陳煒翰

發 行 人　朱凱蕾
出　　版　英屬維京群島商高寶國際有限公司臺灣分公司
　　　　　Global Group Holdings, Ltd.
地　　址　臺北市內湖區洲子街88號3樓
網　　址　www.gobooks.com.tw
電　　話　(02) 27992788
電　　郵　readers@gobooks.com.tw（讀者服務部）
　　　　　pr@gobooks.com.tw（公關諮詢部）
傳　　真　出版部　(02) 27990909　行銷部 (02) 27993088
郵政劃撥　50404557
戶　　名　三日月書版股份有限公司
發　　行　三日月書版股份有限公司/Printed in Taiwan
初版日期　2017年 1 月
七刷日期　2020年12月

國家圖書館出版品預行編目(CIP)資料

蝠星東來 / 藍旗左衽著.-- 初版. -- 臺北市：高寶國際, 2017.01-
冊；　公分. --

ISBN 978-986-361-357-2(第3冊；平裝)

857.7　　105000347

三日月書版

三日月書版